# 有温度的手艺

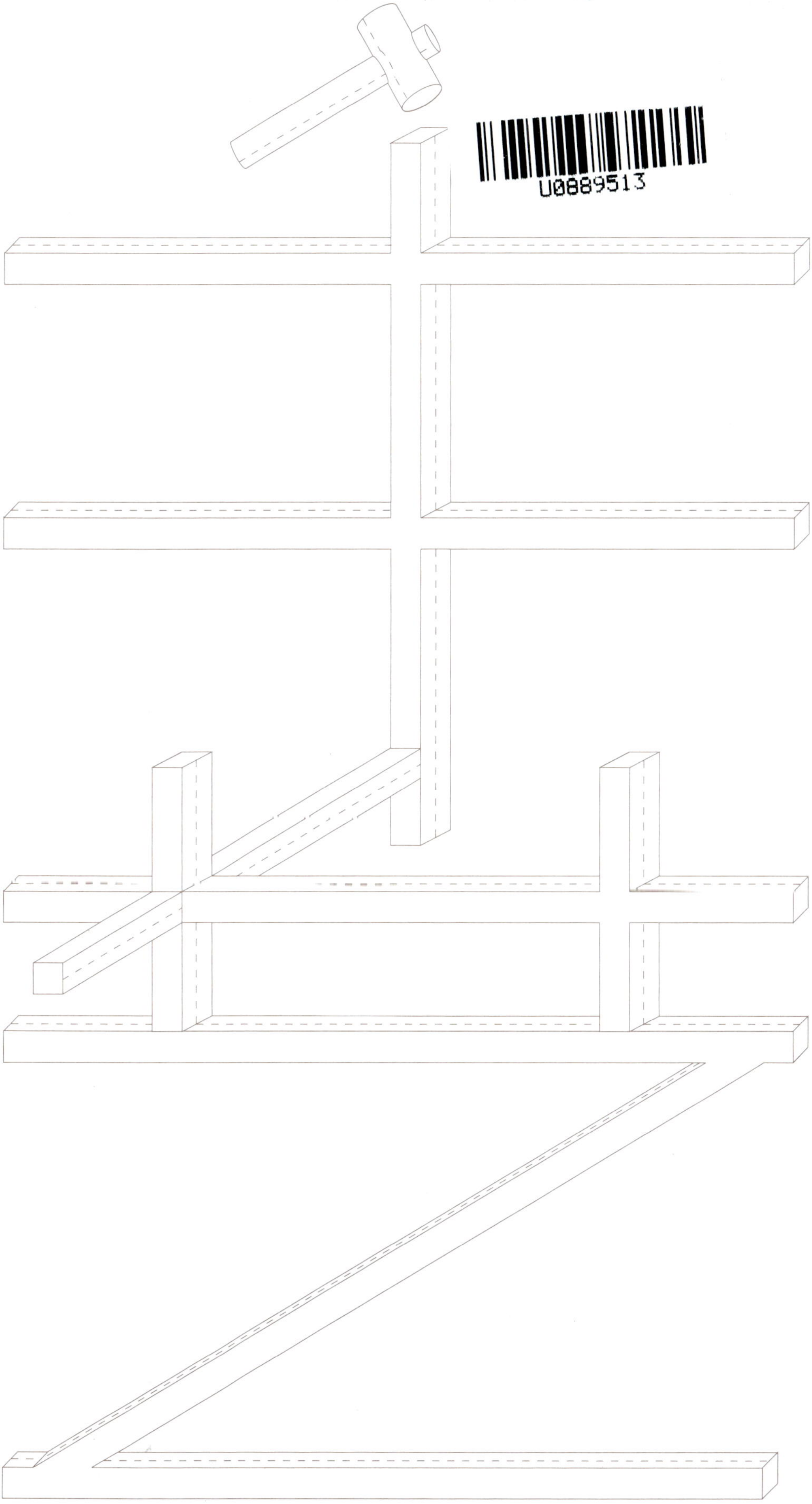



◎周卫平 · 曹诚博 · 著 ·

北京日报出版社

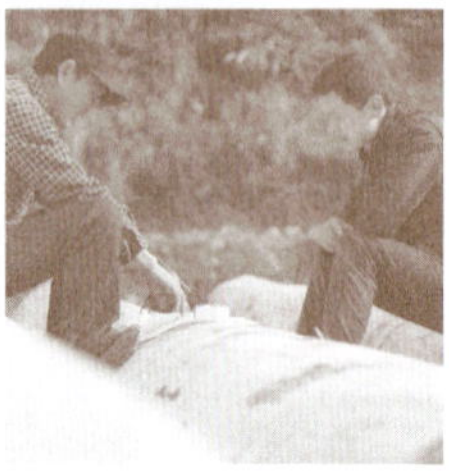

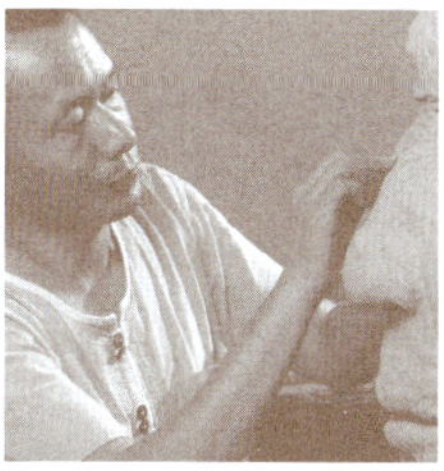

# 目录→

工匠精神到底是什么，他们说不好。他们只知道，作为手艺人，
就得把手里的活儿做到最好。这是手艺人的规矩，一代代传下来，不能坏在自己手里。



多年过去，他的汗水浸润了成百上千件铜雕作品。对他来说，每一件铜雕作品，
看似冷冰冰，实则蕴含着生命的温度。

木雕是耐心活儿、细心活儿，看一个匠人的手艺如何，
只要观察一下他的工具就知道了。



对李宏进来说，七十二项吉尼斯世界纪录梦想背后，并不仅仅是追求荣耀那么简单，
他更深远的目标是将那些民间技艺传承和弘扬下去。

工匠精神到底是什么，他们说不好。他们只知道，作为手艺人，就得把手里的活儿做到最好。这是手艺人的规矩，一代代传下来，不能坏在自己手里。

第一章

# 手艺人的规矩

# 家传 1

## 父传子承，工匠精神的另一种传承

受访人

掌墨师王氏父子

复原的孔庙大成殿

2016年6月，贵州独山净心谷景区，复原孔庙大成殿的工地上，二十七岁的主掌墨师王东其全神贯注地盯着工友们在起重机吊装下立起一根木柱，目光随立柱一寸寸移动。

一旁，抬首望柱的王东凡转头看一眼儿子，目光中满是关切。

这一次，作为老掌墨师的他退居二线，让儿子负责主要的掌墨工作。

儿子十六岁开始跟他学艺，这是第一次担起主掌墨师的重任。

掌墨师为掌管墨斗的师傅，是传统房屋建设的总工程师，全程主持房屋建筑的方方面面，大到堪舆选址、整体设计，小到掌墨放线、上梁封顶。成为一名真正的掌墨师，至少需要十余年的磨砺，从学徒做起，到熟练掌控墨线。“治木如做人”，木匠有了墨线，便有了依据，可以锯直刨平，如同做事有了准绳，有了秩序。“木要就直，成栋梁之材，必须绳之以墨；育人亦然，必得有正确方法指导，才能成大器。”

王东凡让儿子做主掌墨师的决定，一度受到工地上三四位老一辈掌墨师的质疑。他们问王东凡：“你儿子可以吗？”王东凡点点头：“可以。不相信，你们可以看一下。”王东其画完施工图纸以后，几位老师傅都对他另眼相看，夸他是最年轻的师傅。

师傅们只服手艺精的人。他们没怎么注意，三个月前因李克强总理在政府工作报告中的一句“培育精益求精的工匠精神”，“工匠精神”已经成为社会上的一个热门词汇。

工匠精神到底是什么，他们说不好。他们只知道，作为手艺人，就得把手里的活儿做到最好。这是手艺人的规矩，一代代传下来，不能坏在自己手里。对他们来说，手艺，就是命根子。

## 家传，无奈又自然的选择

王东其的手艺，是父亲王东凡手把手教出来的。

十一年前，王东凡的妻子生了一场重病。为了给妻子治病，王东凡不得不让儿子王东其辍学，和自己外出打工，一起赚取医疗费用。

说起这段往事，王东凡几度哽咽："我老婆得的不是一般的病，是癌症。家里的钱花完了，没有办法，只能找朋友借，可是没有借到。那时候我觉得很难过，老婆要失去了，儿子也没钱上学。后来我就和儿子说'儿子你命苦啊，上不了学你就跟着我学木工吧'。"

对王东凡来说，这是无奈却又自然的选择。父传子承，多少代匠人都是这么过来的。两千多年前的《国语·齐语》中就有关于工匠家传的记载："令夫工，群萃而州处，审其四时，辨其功苦，权节其用，论比协材，旦暮从事，施于四方，以饬其子弟，相语以事，相示以巧，相陈以功。少而习焉，其心安焉，不见异物而迁焉。是故其父兄之教不肃而成，其子弟之学不劳而能。夫是，故工之子恒为工。"

"父兄之教"和"子弟之学"的家传方式，师徒朝夕相处，耳提面命，终至"不肃而成""不劳而能"，一代一代把手艺传下来。

十六岁的王东其跟着父亲，开始从最基础的木工活儿学起。小伙子机灵，也用心。"他天天跟着我一起做，不懂的地方我跟他一说，他就知道了。他学习很快，反应也很快。"心中有愧的父亲，欣慰于儿子的上进。

在学徒儿子的眼中，掌墨师父亲的手艺是那么神奇——传统木构建筑的构架，全由掌墨师根据地势地形、周围景观，配合美观、功能和建筑者意愿综合考虑设计而成，而且不依靠设计图或模型，大部分时候，“图纸”只存在于掌墨师的头脑里。掌墨师不用一根铁钉，仅凭一根丈杆、一把直尺、一个墨斗，靠凿榫衔接来完成建筑的修建，浑然天成的高超木工技术，让人啧啧称奇。

掌墨师是个熬年岁的活儿。从学徒成长为成熟的木匠，再成为掌墨师，不仅需要掌握技术、积累经验，还需要非凡的设计和创造力。刚开始掌墨的时候，王东其发现，掌墨“是体力活儿也是脑力活儿，还是一门很辛苦的技术活儿”，好在有父亲在身边，可以经常跟他交流，有不懂的地方就问他。

“做掌墨师这一行，无论做什么东西，首先心里要有一个轮廓。每个物品需要多少材料，怎样做才好看，这些问题都要细心思索。做这个事情不仅要有一定的思维能力，还要心细，不能粗心。”王东其好琢磨，言谈举止间有一种老成。

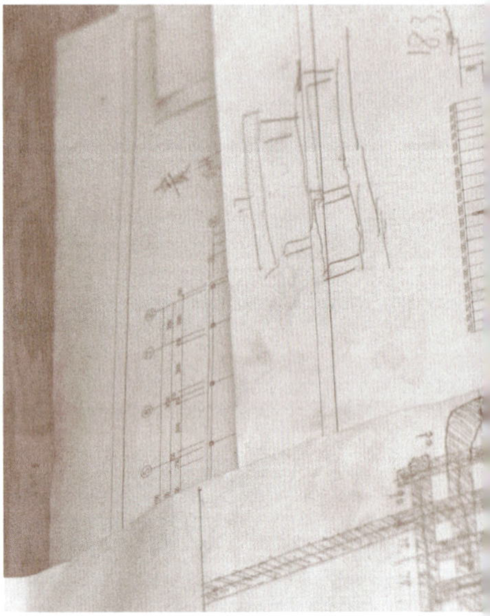

虽然现在可以独当一面了，王东其还是会在做重大决定前去征求父亲的建议。在工地上，人们常看到王家父子一起商量房屋结构事宜的场景，有时候父子俩一讨论就是几个小时，比比画画，一丝不苟。

这场景，让人想起《诗经》中那句“有匪君子，如切如磋，如琢如磨”。切、磋、琢、磨，是古代加工玉、石、骨、象牙器的基本工序，所谓“玉不琢不成器”。朱熹对《论语·学而》中的“如琢如磨”作了注解：“治玉石者，既琢之而复磨之；治之已精，而益求其精也。”这是古代思想家对工匠精神的精彩解说。后来孙中山先生将近代手工业的技术道德规范概括为“精益求精”。

精益求精，正是匠心之要。

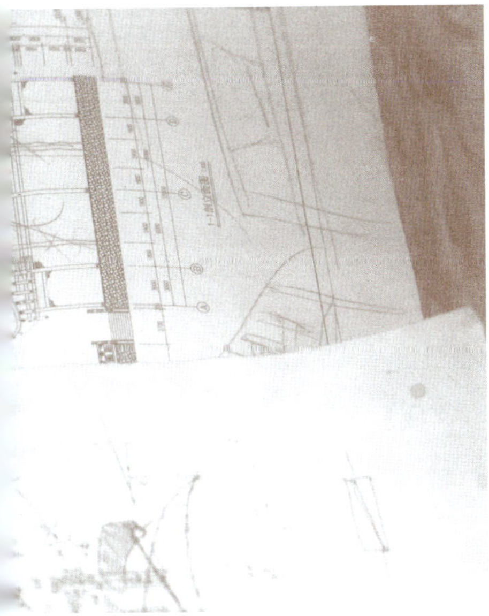

↖

←

王家父子一起商量房屋结构

## 掌墨师的看家本领

工地上，王东其专心致志地画线，仿佛进入了物我两忘的境界。他手持墨斗，把墨线的一头固定在确定的位置上，再来到木头的另一端，前前后后反复瞄准之后，墨线轻轻一弹，一根笔直的线就出来了。这是长线的画法，短的线一般会选用尺子作为辅助。完成这一工作的动作并不复杂，难的是对分寸的精准把握。王东其说：“画线的时候就要想清楚每一个部件应该怎么安装，但是画线的规律倒也不是一成不变的，只要你能想到适合的安装方法，都可以尝试。”

可不要小看了这根细细的墨线。木匠的工作往往是牵一发而动全身，匠人们依照掌墨师所画的墨线进行工作，挖眼打孔，凿平铣滑。俗话说，“三分画线七分做”，墨线要是出了问题，后果会很严重。因此，在一个工程中，掌墨师要承受很大的压力。多少个夜晚，王东其因此失眠，辗转反侧，脑子里全是明天要怎么画线，怎么分工。

午饭时间，王东凡父子各端一碗饭，和工友们随意坐在工地的木头上，他们心里紧绷的弦还是没有放松。“今早的工作就差不多了”“再把上面尖子抬一下”……几个人一边吃饭，一边你一言我一语地聊开了。

“治木如做人”，木匠有了墨线，便有了依据

↓

孔庙的修复和建造是一个大工程，其中大成殿有五十根柱子，光大梁柱就有三十多根，其余的都是大方大料，材料全都是经过精心选择的。“大殿嘛，柱子必须要多，要大，要好看，要大气。如果柱子小了，大殿就显得空荡荡了。”王东其说。

建造孔庙大成殿，除了需要五十根柱子，还有上百根梁。令人惊奇的是，整个建筑过程中，不需要使用一个铁构件，没有一钉一钎，全靠榫卯连接。

←

整个建筑没有一钉一钎，全靠榫卯连接

画线之外，榫卯是掌墨师的另一看家本领。榫卯是中国古代建筑、家具以及其他木制器械的主要结构方式，通过两个构件上的凹凸部分相连完成结合。凸出的部分为榫，凹进的部分为卯。榫卯分为三大类：第一类是面与面的结合；第二类是点与点的结合；第三类是三个构件合并连接，比如外形酷似粽子角而得名的粽角榫。

→

画线之外，榫卯是掌墨师的另一看家本领

↑

榫卯，木制建筑的灵魂

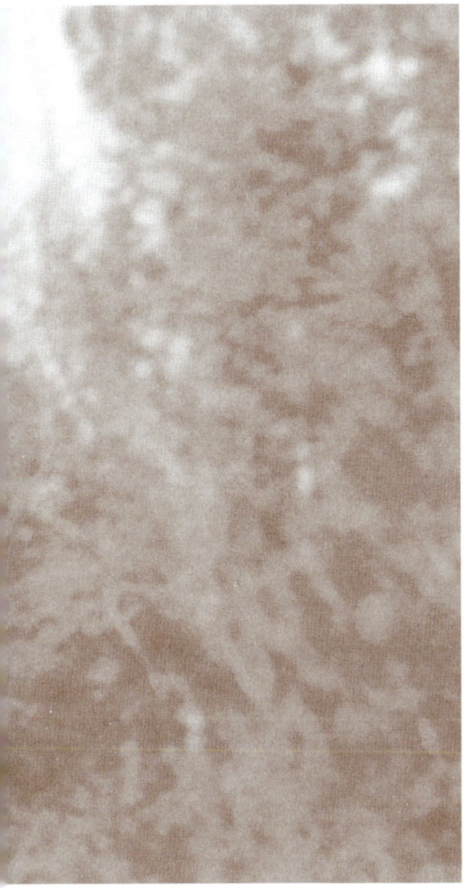

凸出来的榫头和凹进去的卯眼扣在一起，两块木头就紧紧相握，不再分离，它们就此有了生命。榫卯被称作木制建筑的灵魂，不用一颗铁钉，便可以衍生出千万种组合形态，既具有连接构件的功能性，又具有修饰外形的美观性。在这一极为精巧的结构中，各个构件之间的结点以榫卯相吻合，构成富有弹性的框架，使得木制建筑历经上千年依然坚固美丽。

榫卯是中国智慧的产物，榫为阳，卯为阴，阴阳相生，透出平和中庸、以制为衡的哲学思想。

中国传统建筑是人与自然和谐相处的例证。1937 年 6 月，当建筑学家梁思成、林徽因夫妇一行，几经艰辛站在山西五台山的千年古刹佛光寺前时，发现这座兴建于唐代的寺庙经历上千年风雨，梁柱间的榫卯结构依然严密扣合，天衣无缝，他们对老祖宗的伟大构思赞叹不已。

后来，梁思成在著作《中国建筑史》中如此总结传统木制建筑的特征："尽木材应用之能事，以臻实际之需要，而同时完成其本身完美之形体。匠师既重视传统经验，又忠于材料之应用，故中国木构因历代之演变，乃形成遵古之艺术。"

这"遵古之艺术"，体现的正是传承千年的工匠精神。

无论工程多么宏大，掌墨师对每一个建筑构成都必须了如指掌。掌握这个技巧，王东凡有一样法宝——"样高"。

↑

鲁班传下来的神器“样高”，竟然是一根不起眼的木杆

“样高”，是怎样的神器？王东凡拿出一根不起眼的木杆，上面做了各种标记。他指着一个个标记说：“这座大殿的全部结构，比如檐柱、四眼柱、挑方、大梁，它们的位置和尺寸，都可以在这上面看到。这个有好多人不会算，一般做工程设计的也不懂，所以说掌墨师很少。这‘样高’是鲁班传下来的，现在的工程学里面没有。”王东凡眼角漾出笑意，像一个把宝贝紧紧抱在怀里的孩子。

一根普通的木杆，在建筑前直立起来，按比例缩小计算出所有梁柱的高低尺寸，工匠们再据此去确定梁柱的位置，并做好刻度记号。一座建筑的秘密全部暗藏在这“样高”上面。这听起来匪夷所思，却正是中国匠人一代代传承的“大道至简”的智慧。

## 工匠精神的另一种传承

春雨绵绵，工程暂歇。偷得半日闲的王东凡，工作才下眉头，家事却上心头。

当年，因为妻子病重，让十六岁的儿子辍学跟随自己做工，实属无奈，这件事成了王东凡心里过不去的一个坎。

不过，对当年的王东凡来说，除了让儿子早点进入社会干活儿挣钱，他实在没有别的办法。谁让他是个匠人呢？

自古以来，匠人都活在社会底层，靠手艺讨生活，挣辛苦钱。在古代的“士农工商”四民中，工匠同商人一起排在后面，社会地位在农民之下。在“小不得僭大，贱不得逾贵”的社会中，他们不仅不能做官从政，“滥入仕流”，甚至连衣食住行也受到诸多限制，如不准与士民之家通婚，不准穿丝质衣服乘马或坐车出游等。《明律》规定：“凡官民房舍车服器物之类，各有等第，若违式僭用，有官者，杖一百，罢职不叙；无官者，笞五十，罪坐家长，工匠并笞五十。”

默默活在社会角落里的匠人，绝大多数终生劳作，仅能糊口，又没有多少社会资源可以利用，生活之艰辛，一言难尽。王东凡在妻子病重后的窘境，即为一例。

多年来，王东凡总觉得自己亏欠了儿子。不过，眼看着儿子一天天成长起来，他内心平静多了：“现在家里情况还是很好的，老婆的身体已经没问题了。我现在有四个孙子，我这么年轻，有四个孙子，也是很幸福的。我最大的愿望就是，我的孙子都能好好上学，学出名堂来。”

这愿望，是一位父亲对儿子少年辍学的弥补，也是求学上进的工匠精神的另一种传承。

对于王东其而言，如果没有当年的变故，他的人生可能会不一样。但是既然命运让他成为一名掌墨师，他无怨无悔，要求自己不断去学习、提高。

二十五岁那年，王东其做了爸爸。为人父后，王东其更明白了父亲当年的不易。跟着父亲出门做事，他对人生有了更深的体悟。“我现在孩子还小，但是也要出来赚钱，为我老爸分担点压力。做这行都是边做边学，慢慢做多了就会越做越好。”

不管在哪儿，王东其都特别务实，特别好钻研。工程的每一道工序、每一处细节，都可以看到他忙碌的身影。在父亲的注视下，他成长为一名称职的掌墨师。

“做一个工程，要比前一个更满意。做一个工程，要比前一个更满意。”王东其把这话重复了一遍，眼神坚定。

# 敬畏 2

## 大器晚成的背后，是对这个行当深入骨子的敬畏

受访人

掌墨师欧氏父子

传承，在父子的举手投足间

贵州净心谷景区，相距掌墨师王氏父子负责的孔庙大成殿不远的一座民宅工地上，一对掌墨师也是父子搭档——欧宏君和欧安山。

父亲欧宏君十岁开始学习木匠，五十岁才当上掌墨师，对这个行当有着深入骨子的敬畏。儿子欧安山半路出家，得家传，二四十岁方入掌墨行业。在行业里，欧氏父子算得上是大器晚成型的匠人了。

欧宏君已经七十多岁了，头发灰白，后背有些弯曲，平日里话不太多，做起事来目光炯炯有神，表情严肃。他似乎更专注于自己的工作，而不善于表达情感。欧安山同样沉默寡言。除了工作上的事情，父子之间的交流并不多。

传承，在他们的举手投足间、心领神会里。

## 游子回家

“我建造过的各种各样的建筑，都不计其数了。”只有说起自己从事的行业，欧宏君才会打开话匣子，言语间充满职业成就感。“修房子之前，自己的心里要有一个轮廓。比如要修这个房子，中柱要多高，檐柱要多高，心里要有数。那个水，要算式算了才知道是平一点还是抖一点。我们原来的老规矩是中柱到檐柱要六分的水来计算。”

欧宏君提到的“水”是行话，“水面”是屋顶的坡度，需要计算柱骑的高度差。“六分水”是屋顶水面的计算公式，表示相邻两根柱骑之间的高度差等于退步（两根柱子之间的距离）尺寸的百分之六十。计算出水步和水面，是计算所有材料长度并起“样高”、画墨线的基础。而这，正是掌墨师引以为傲的一门绝活儿。

尽管从年纪和阅历上来讲，欧宏君都已经是长老级别的人物了，但是他干劲却不输给年轻人，一直保持着谨慎和勤于思考的习惯。“当掌墨师很辛苦，有的掌墨师开始干活儿以后吃不下饭睡不着觉，白天画一天墨，到了晚上还要反复地想有没有画错，有没有画多，有没有画少。”他自己正是这样的掌墨师。

欧安山也像父亲一样整天忙，他画线的手法已经越来越熟练了。因为出道晚，在同辈的掌墨师中，他并不算出众，只能拼命干活儿，积累经验。

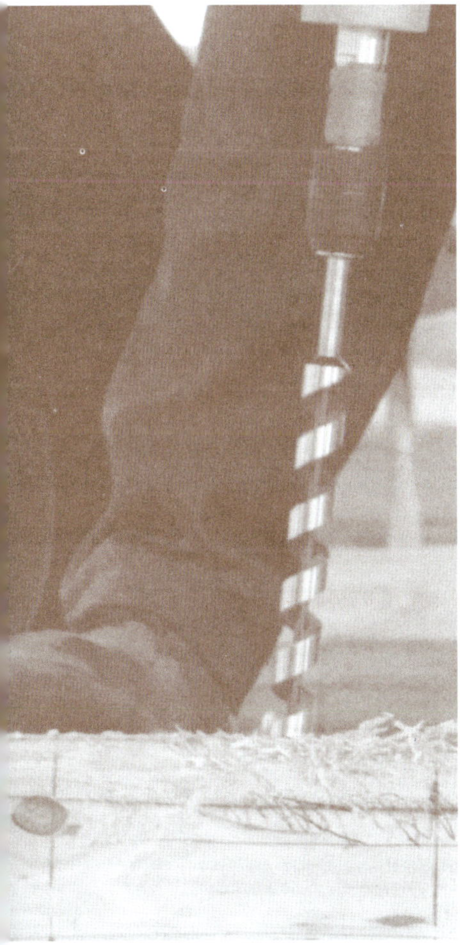

←

修房子之前，掌墨师心里要有一个轮廓

年轻时的欧安山有一颗不安分的心，走南闯北，去过温州，去过珠海，去过深圳，打工十几年，却一直没挣到什么钱。

看起来，当年的欧安山，走的是许多乡村青年的老路——在中国的城市化进程中，出门打工，几乎是他们改变命运的唯一机会。而在庞大的打工者群体中，能够突破日益固化的阶层的成功者少之又少。

经历挫折之后，现在的欧安山沉稳了很多，说起当年的闯荡，他有些不好意思，腼腆地笑了笑："后来我父亲让我回来跟他学手艺，我想想，也就同意了。"

对欧安山来说，他比其他乡村青年幸运的一点是，他有个匠人父亲。

虽然得到了父亲的真传，但欧安山还是压力不小。“掌墨的时候精力消耗特别大，晚上经常失眠。有时白天做的东西有疑点，晚上还在想，你不想通，第二天还要做，你做不下去，后面的人也要跟着停工。”

虽然现在从事的职业与曾经的梦想大相径庭，但欧安山还是平静地接受了命运的安排。和父亲一样，他也是一个不大会表达感情的人，但经过多年的漂泊，他更深地懂得了亲情的珍贵：“要不是我老爸带我，我可能也不会做这行。以前长年在外打工，虽然也很牵挂父母，但是要是家里没什么事我也很少打电话，已经习惯了。现在，我想更多地待在父母身边。”

对欧安山来说，子承父业，不仅意味着继承父亲的职业，更是一种安身立命的方式和家族精神血脉的承续。

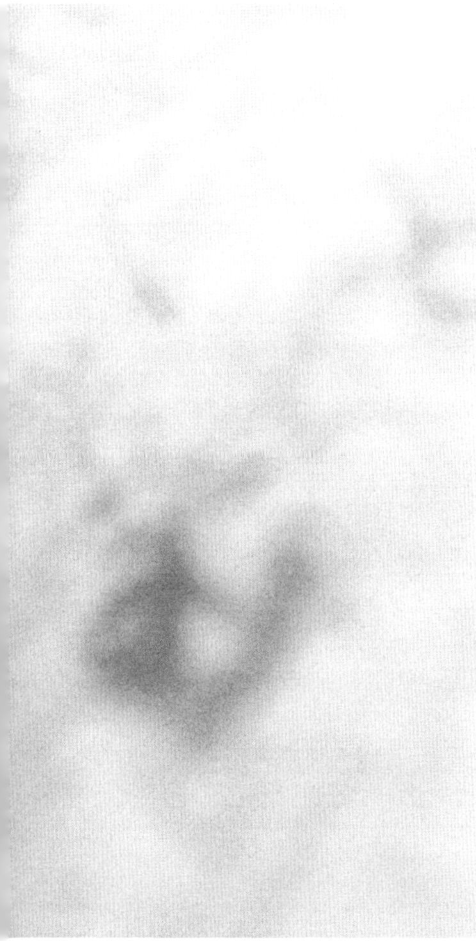

←

引以为傲的绝活儿

## 上梁仪式

经历了一整年的风风雨雨，掌墨师王氏父子的孔庙修复和建造已经完工了。在另外一边，欧氏父子负责掌墨的民宅也到了上梁的时刻。

上梁，被人们视为建房过程中最重要的一步。梁是建筑中架在立柱上面的横跨构件，是上架木构件中最重要的部分。民间有“上梁不正下梁歪”的谚语，梁柱的重要性不言而喻。民间认为，上梁是否顺利，不仅关系到房

屋的结构是否牢固，还关系到房屋的主人是否兴旺发达。俗话说："房顶有梁，家中有粮；房顶无梁，六畜不旺。"

据史料记载，自魏晋始，各地房屋上中梁时，都会搞一个隆重的上梁仪式。古人相信"天人合一"，中梁之于一个房屋的位置，就如同连接天、地、人的桥梁，所以这也是起房盖屋最为重要的仪式。人们相信，这一仪式完毕，房屋便有了灵性，有了护佑家人平安美满的使命。

木匠行当里有一种说法："上梁有如人之加冠。"

上梁之前，木匠首先要精心选梁和制梁。梁木制作完成之后，房主人选定吉日良辰上梁。仪式前，房主人要接住木匠师傅从中梁上凿下的木屑妥善保管。此时的中梁，已不再是凡俗之物。

上梁前，祭梁是必不可少的一道程序。作为整个工程的掌墨师，欧宏君主持了祭梁仪式。整齐摆放好猪头、鸡蛋、米饭、白酒这些祭祀用品之后，欧宏君拿起主人家事先准备好的大公鸡，郑重地向天地拜了三拜，虔诚地念起一段祭梁词，祈求天地神灵保佑这户人家家庭祥和、六畜兴旺。

最隆重的时刻来了，鞭炮声响起，在房主和亲朋好友的注视下，披上彩绸的中梁被木匠师傅们一步一步地拉上了房顶，整个过程庄严而肃穆。

←

祭梁，必不可少的一道程序

中梁上好以后，几位师傅分别从不同方向踏上搭好的梯子，一边向房顶爬一边高喊："上一步，是一家和气；上二步，是二步起业；上三步，是三通四喜；上四步，是事事如意；上五步，是五子高举……"每一步都是祝福，每一步都是希望。

最热闹的环节是抛梁：架上中梁以后，师傅们将事先准备好的装有糖果、食品的布包从梁上抛向四面八方，象征财源广进。师傅们边抛布包边说："抛梁抛到东，东方日出满堂红；抛梁抛到西，麒麟送子挂双喜；抛梁抛到南，子孙代代做状元；抛梁抛到北，囤囤白米年年满。"下面，接住布包的人相当于接住了财宝。满屋的男女老幼蜂拥而上，争抢大礼，图一个好彩头。一时间，闹声四起，其中夹杂着开心的尖叫。

房主人的布筐里正好也落了一个布包，他笑逐颜开。

挂在房顶上的红、黄、蓝绸带随风舞动，寓意平安和顺，仿佛是给这个喜庆日子贴上的标签。

欧氏父子静静看着这一切，眼里都是笑意。

↑

随风飘动的绸带，寓意平安和顺

## 出师仪式

上梁仪式刚刚结束，又一场仪式在湘西的欧氏老宅酝酿，不过，这个仪式只属于欧氏父子。

一大早，欧宏君就来到了祖屋的祠堂，拿出一把鲁班尺，精心擦拭。

鲁班尺，相传为春秋时的鲁班制作，为木匠建造房宅时所用的测量工具，类似于现在的曲尺。它诞生不久即融合了堪舆工具丁兰尺，加入“财”“病”“离”“义”“官”“劫”“害”“本”八字，以其测量房宅吉凶，后又融入寸、厘米，用以度量、矫正。由于其特殊的功能，从古至今，鲁班尺在建筑文化、堪舆文化中广泛运用。建造房屋和制作家具时，从整体到每一部位的高低、宽窄、长短，工匠都要用此尺量一下，求得吉利尺寸，避开灾凶尺寸。人们普遍认为，按鲁班尺吉利尺寸确定的门户，将会门庭光耀。

欧宏君的这把鲁班尺，是欧家世代相传的宝物，它的每一次传承，都是对继承者能力的认可，更是家族精神血脉的延续。

欧安山就要出师了，这把鲁班尺，理所当然地成了这场出师仪式上最重要的道具。

欧宏君稳稳当当地站在祠堂的先祖牌位前，手握鲁班尺，语调诚恳地向先辈汇报了儿子欧安山的学业情况，表达了想要让儿子继承鲁班尺的意愿，祈求先辈保佑儿子一帆风顺。

沐浴更衣后的欧安山，一脸肃穆，轻手轻脚地走入祠堂，生怕惊扰了先辈们。

说完祭词，父亲就要把鲁班尺传到儿子手里了。当年，欧宏君也是这样从父亲手里接过这把尺子的。

欧宏君神情严肃地侧过身，面向儿子：“这个尺子跟随了我四十多年，现在，我就把尺子交给你，以后由你保管。今后你要在各方面发扬光大，要敢干敢闯，要做到手艺比我们做父母、做师傅的还要高强。”

世代相传的宝物

↓

↑

掌墨师不仅是一种职业，更是一种荣誉

父亲双手托起尺子，递到儿子面前。欧安山双膝跪下，诚惶诚恐地接过：“谢谢师傅多年的栽培，我一定继承好您的业绩。”他有点手足无措，双手有些颤抖，说话声音有点低。也许是因为这把尺子的分量太重，也许是因为在严父面前自然地感到紧张，也许是因为想到出师，对于未来的些许彷徨和不安。

“上梁有如人之加冠”，对欧安山来说，出师有如人之再冠。欧安山十七八年的学徒生涯即将结束，而作为一个掌墨师，他的职业生涯才刚刚开始。

做了六十年木匠的欧宏君，对掌墨师这个称呼的钟爱胜过一切。对他来说，掌墨师不仅是一种职业，更是一种荣誉。可他现在年岁大了，做很多事情已有些力不从心。如今儿子出师了，他有了退休的打算。“我现在已经满七十二岁，迈进七十三岁，我的手艺有儿子继承，我也就放心了。”

古往今来民间匠人的手艺传承方式，在欧氏父子身上得以再现。

在市场狭小的古代社会，民间匠人传承本家的一技之长，就是自己生存的保证，而只要把技术秘密泄露于外人，就是在为自己制造竞争者，无异于自断生路。因此，匠人们在传授技艺上格外慎重，一般不传外人，只传本姓、本家，本家中有的还传男不传女，怕女儿出嫁后把技术带给夫家。对此，唐代诗人元稹曾在《织妇词》中感慨："东家白头双女儿，为解挑纹嫁不得。"

有的匠人为保守技术秘诀，两家世代为婚。南宋诗人陆游的《老学庵笔记》中有形象描述："亳州出轻纱，举之若无。裁以为衣，真若烟霞。一州惟两家能织，相与世世为婚姻，惧他人家得其法也。云自唐以来名家，今三百余年矣。"

匠人们的家传方式，迫使各行各业的匠人自专其业，穷终身之力提高祖辈传下来的技艺，以至炉火纯青。各个行当"八仙过海，各显其能"的盛况，由此而成。

斗转星移，时代在快速发展和变化，生产力、生产效益的不断提高，使得人们的生产生活方式愈发便捷。同时，一些在人类历史上延续上千年的技艺，也不断受到现代工业的冲击。值得庆幸的是，还有欧氏这样的匠人家族，以一代又一代父子血脉，建立起传统技艺融入现代社会的桥梁。在这个人心浮躁、步履匆匆的社会中，匠人们用自己的手艺以及对待手艺的态度、传承手艺的方式，启迪大家"停下脚步，等等灵魂"，去慢慢品味传统的魅力、传承的意义。

# 见证 3

## 无言的瓦片，见证生活的艰辛和甜蜜

受访人

瓦匠全兴建

一砖一瓦，给人们带来实实在在的安全感

“东家壁土恰涂交，西舍厅堂初窕了，南邻屋宇重修造。弄泥浆直到老，数十年用尽勤劳。金张第游麋鹿，王谢宅长野蒿，都不如手镘坚牢。”明代散曲家陈铎在这首《水仙子·瓦匠》中，生动描写了瓦匠的辛勤劳作，并在末三句作了发人深思的内涵升华：富贵如云，不如手艺在身稳当；世事沧桑，富贵荣华不足羡，勤劳美德最可靠。

这首写瓦匠的散曲，瓦匠全兴建没听过。他和同行们一样，没有太多时间和精力去品味文艺，而是用最朴实的劳动，用一砖一瓦给人们带来实实在在的安全感。他“数十年用尽勤劳”，践行了曲中真义。

## 这行当，关键是要胆大心细

“凡埏泥造瓦，掘地二尺余，择取无沙粘土而为之。百里之内必产合用土色，供人居室之用。凡民居瓦形皆四合分片。先以圆桶为模骨，外画四条界。调践熟泥，叠成高长方条。然后用铁线弦弓，线上空三分，以尺限定，向泥不平戛一片，似揭纸而起，周包圆桶之上。待其稍干，脱模而出，自然裂为四片。凡瓦大小古无定式，大者纵横八九寸，小者缩十之三。室宇合沟中，则必需其最大者，名曰沟瓦，能承受淫雨不溢漏也。”

这是“17世纪中国工艺百科全书”《天工开物·陶埏》中关于瓦的一段描述。

瓦，屋顶上俯仰相承的具有圆弧的陶片，中国传统建筑的象征物之一。

在中国，瓦的生产比砖早。我们的祖先早在西周（公元前1046—前771）前期就发明、使用瓦。陕西岐山凤雏村西周早期遗址中曾发现瓦的遗存，当时瓦仅用于天沟和屋脊部分。陕西扶风召陈西周中晚期遗址中发现的瓦的数量更多，当时有的屋顶已经全部铺瓦，瓦的质量也有所提高，并且出现了半瓦当（蔽护、美化建筑物檐头的建筑附件，刻有文字、图案）。

东周春秋时期（公元前770—前476），瓦被普遍使用。从山西侯马晋故都、河南洛阳东周故城、陕西凤翔秦雍城、湖北江陵楚郢都等地的春秋时期遗址中，发现了大量的板瓦、筒瓦以及一部分半瓦当和全瓦当。当时的瓦，表面多刻有各种精美图案。

到了秦汉时期，形成了独立的制陶业，并在工艺上作了许多改进，如改用瓦榫头使瓦间相接更为吻合，取代瓦钉和瓦鼻。西汉时，制瓦工艺又有明显进步，使用带有圆形瓦当的筒瓦，瓦当纹饰多取材于动物和云纹，简明生动。“秦砖汉瓦”之称，由此而来。

民间传统建筑，无论土木结构还是砖木结构，都用一片片青瓦铺顶，以遮蔽风雨。屋顶的一排排青瓦如同鱼鳞，一片盖着一片，一楞连着一楞，瓦楞之间留一条排水沟，一旦下雨，哗啦啦的雨水便顺着瓦沟往屋檐流下。极富东方气质的滴水瓦，瓦尖秀雅，乡愁流动，呈现出中国风韵深处的静默之美。

↑

瓦房，中国传统建筑的象征

白居易在《长恨歌》中写道：“鸳鸯瓦冷霜华重，翡翠衾寒谁与共。”秦观在《春日》一诗中有云：“一夕轻雷落万丝，霁光浮瓦碧参差。”瓦之韵，氤氲了大江南北的岁月沧桑、人情冷暖。

有了瓦，便有了瓦匠。建了新房，就要盖瓦。时间长了，尘土、枯枝树叶堵塞瓦沟，雨水倒灌瓦缝，或者瓦片碎裂了，便要翻瓦。

↑

瓦匠这行当，关键是要胆大心细

头戴一顶遮阳草帽，手拿一根高粱苗笤帚，佝偻于瓦房之上，用粗糙的双手麻利地摆弄瓦片，这是常见的瓦匠形象。瓦匠们都说，这行当，没有什么复杂的技术含量，关键是要胆大心细。

上房前饮酒，是大忌。上房前要仔细观察房顶的结构，以及房子内部的情况。如果是翻瓦，哪里的垣木或桁条断了、朽了，哪里有漏眼，必须心里有数。上房后要避免踩到坏的垣木或桁条，先修钉好，再找出漏雨的瓦片。

瓦匠多为三五人一伙，分工明确：有人在房顶盖瓦，有人在房檐边接瓦，有人站在梯子上递瓦，有人在下面备瓦、堆瓦。

翻瓦时，瓦匠在屋上猫着腰，踮着脚寻漏，一干就是半天，可不是轻松活儿。脚步重了，会踩破瓦；漏点没找到，下雨照样漏，有人就笑话："天晴包不漏，下雨漏不包。"如果房屋漏点太多，屋顶瓦片已凌乱不堪，那就得把整个屋顶的瓦全揭了，将残破的瓦片换下，按序重新铺排。待房顶瓦梁全部露出来，用笤帚清除杂物，重新盖瓦。盖好后，还要重做瓦楞、屋檐，讲究些的人家还要求瓦匠在瓦脊两头刻莲花、龙头。瓦匠以石灰加剁断的麻筋作黏合剂，来处理房檐、枧水槽的缝口，比较坚固。

瓦匠辛苦一天，房主人供应茶水、香烟，中午和晚上的饭还得体面些，再结算费用。工钱一般是约定俗成的，按天计算。

如今，随着瓦房的减少，瓦匠已越来越少见。不少人转行了，而另一些人选择坚守。

全兴建舍不得丢掉这门手艺，原因很简单——只要还有瓦房，瓦匠就还有存在的必要，他就还会干下去。

## “穷人的孩子早当家”

“这边的瓦不要堆偏了，那边还要提起来一点，有点偏，对正啊。”贵州独山净心谷景区，一座修复中的古建筑，全兴建正抬着头高声招呼房顶上盖瓦的同伴。这是一个需要团队密切配合的工作，施工的时候需要有人在下面观察、指挥，房顶上的瓦匠据此及时做出调整。

在全兴建看来，房顶上的瓦片有自己的排列规则，并不只是简单堆砌，需要与砖、木甚至石板在不同的墙面维度完美结合。

这其中不仅有物理知识，也体现了中国人和谐的处世哲学。

四十二岁的全兴建皮肤黢黑，看上去精明能干。虽然岁数并不大，在瓦匠的行当里，他已是一个有着三十年匠龄的老师傅了。

全兴建出道早，和他小时候家庭条件不好有关：“十二岁的时候，我看父亲太辛苦，就退学跟着他做瓦匠。当时父亲不让我退学，打我，不过不管他打得多狠，我都不去上学。那时候就是想挣点钱，让他们轻松一点。”他笑嘻嘻地说起当年事，仿佛在讲述一个英雄的故事，眼神中流露出骄傲。

“穷人的孩子早当家”，少年全兴建学得瓦匠手艺，挑起了家庭的重担。三十年来，他一直在参与古建筑的修复工作。这份工作不仅让他获得了成就感，还让他收获了一个温暖的家。

在一次古建筑修复作业中，全兴建认识了一位在工地伙房工作的姑娘，两人走到了一起。结婚以后，夫妻俩在不同的工地间流转，彼此相依。无言的瓦片，见证了他们生活的辛苦与甜蜜。

全兴建并不愿意妻子随自己走南闯北，风吹日晒，但是妻子始终不放心丈夫。后来两个儿子长大了，也都当上了瓦匠，妻子更是无法安心待在家里了。在工地上，这个瓦匠家庭形成了一道独特的风景。俗话说“上阵父子兵”，全兴建除了有“父子兵”，还多了一位“后勤部长”。

←

四十二岁的全兴建，却有着接近三十年的匠龄

## 从养家糊口，到血脉相传

没了后顾之忧的全兴建，把全部心思放在活计上。

作为修复古建筑的瓦匠，全兴建要做的不仅仅是砌砖铺瓦，还要使用传统工具和技艺，根据古建筑的原始风格，对屋脊、戗、盖、墙体、地坪等部分进行作业。

这是一门需要高空作业的工作，而“上房揭瓦”的本领不是人人都具备的。全兴建说，要成为一个合格的瓦匠，必须具有过硬的体能，身手还要敏捷。“我们上瓦就是拿一个绳子吊上去，房子矮的地方就是人工把瓦传上去。”看着工人们一个个在房顶上蹿来蹿去，全兴建心中安然，有了多年的实践经历，他的团队早就练就了飞屋走檐的本领，只需要几个简单的工具，就可以在高高的房顶上大显身手。

瓦匠们懂得利用自然条件做事，“天晴盖瓦，下雨和泥”是他们的行话，意思是人的工作要顺应天时，融合自然的节奏，什么时候就应该做什么时候的事情。

然而，现实往往残酷得多。“冬天冷，夏天热，太阳晒。你看我晒得很黑，热天晒得受不了。冬天冷的时候，在房子上面就好像没穿衣服一样。”全兴建搓着双手说。正值初冬，他和同伴们已经在房顶干了几个小时活儿，一个个被冷风刮得面红唇紫。

瓦匠们几乎所有的活儿都需要在室外完成，天晴下雨，刮风落雪，他们都得受着。和恶劣天气做斗争，是他们的命。

靠双手吃饭，是他们的命。

“我的梦想很简单：帮两个孩子成家，给他们每人在城里买一套房子。”全兴建说。在乡下，当父辈的都有这么一个执着的念头。干活儿为子女，这是中国底层百姓生活观的重要一环。

有了动力，全兴建干起活儿来格外有劲。

当年，全兴建的叛逆使他成了一个瓦匠；后来，他的两个儿子也成了瓦匠；说不定他的孙子，也会从事这个行当。一个匠人家族，就这样诞生，从养家糊口，到血脉相传。

要成为一名合格的瓦匠，必须要有过硬的本领

↓

# 规则 4

## 木匠活儿里，蕴含了人生哲理

受访人

木匠张学儒

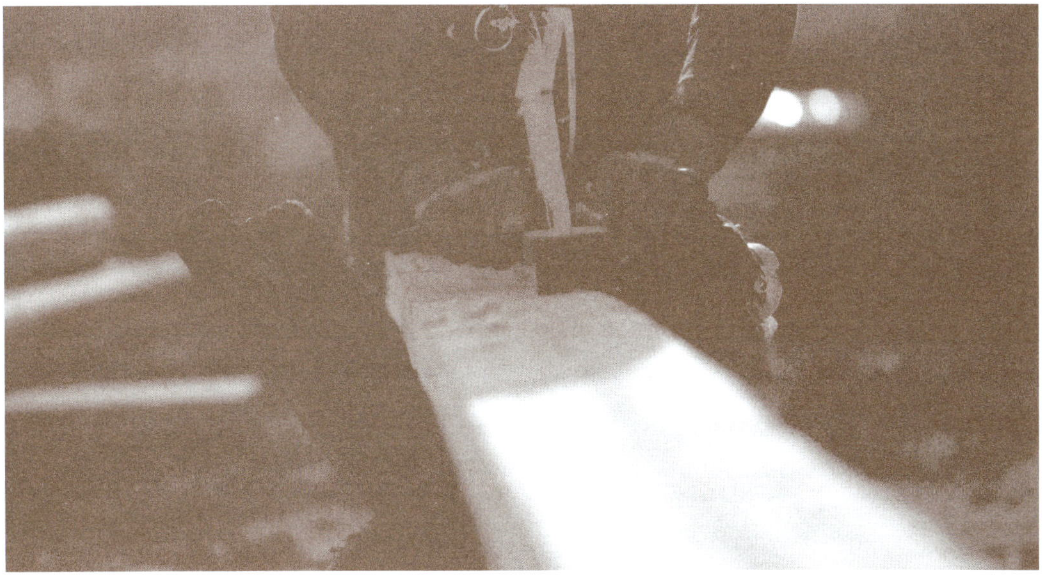

推、拉、削、磨，一切木匠活的基础

“匠，木工也。从匚从斤。斤，所以作器也。”这是《说文解字》对“匠”字的解说。在古代，最初所说的“匠”就是木匠。

贵州独山净心谷景区，木匠张学儒正在削减废料，凿刻卡口，这是一切木匠活儿的基础。他不慌不忙，屏息凝神，似已陶醉于手中的活计之中。旁边的匠友们也都各司其职，有的喊着号子翻动粗大的木头，有的两两一组用拉锯将木头分解成木板。一根木材，要从最为原始的树干变成支撑一座建筑的栋梁，这一过程需要十几位工匠的推、拉、削、磨，一次又一次的纯手工作业，才能把它打造成理想的模样。

木匠活儿中，又以拉大锯最为辛苦。拉大锯可以检验出一个木匠技术和修为水平的高低，因为只有完全达到了师傅水平的木匠，才能和其他人配合拉好大锯，才能自如适应他人的动作和节奏，不骄不躁，不慌不乱。

“我们三代人都是木匠。现在国家搞建设，我以我的手艺，做了一些最简单的事情，对国家没有什么大的贡献，只是尽量为儿女减轻一些负担。”张学儒的话很朴实。他来自湘西，有三个子女，其中大儿子在云南驻守边防，已有八年光景；二女儿从医科大学毕业，现在是一名公立医院的主治医生。就算孩子们都已经成器，他还是继续从事自己的老行当，“能多做一点是一点”，希望以此减轻子女的经济压力。再说，干了一辈子木匠活儿，要歇下来，还不习惯呢。

## “没有规矩，不成方圆”

“木匠是熬出来的。过去学木匠，拜师学艺，有‘三年零一节’的说法，是说头两年师傅不教手艺，学徒就是干些搬木材、扫院子的杂活儿，第三年才开始正式学艺。一节是三个月，三年学成后还要再给师傅干三个月的活儿。”张学儒手掌上厚厚的茧子，为他的话作了注脚。

从古至今，多少木匠，都像张学儒一样勤恳朴实地走过来。

木匠是一个古老的行当，是古代社会中一种非常重要的手工业，造车、造船、盖房子，制作农业和生活用具等，都离不开木匠。成语“班门弄斧”，蕴含了这个行当的历史文化底蕴——“班”，即木匠的祖师爷鲁班。鲁班是春秋时鲁国人，不仅能建筑宫室台榭，而且在征战频繁的年代，设计出云梯、钩强等用于攻城、舟战的器械。相传他还创造了“机关备具”的木马车，以及磨子、碾子等农具，发明出曲尺、墨斗等多种木匠工具。

木匠的工具，可能是所有匠种中最多的。斧、锤、锯、刨、钻、凿、墨斗、角尺、曲尺等，大小成套，五花八门。光是各式各样的刨子就有几十种，平木刨、外圆刨、内圆刨、槽口刨、线条刨、光刨、细刨、弯刨、座刨，不一而足。大到三尺有余的“板凳刨”，小到不足两寸的“镗刨”以及多片刨舌组成的“蜈蚣刨”等，用料考究，做工精细，件件堪称艺术品。

木匠的锯，更有历史渊源。据史料记载，山西下川文化遗址中曾发掘出距今一万年的石锯，有的石锯带有短柄，有的柄还用木、骨镶嵌。河南裴李岗文化遗址出土了距今七八千年的石镰，其刃部有细密的锯齿，把锯和镰合二为一。河姆渡文化遗址出土了距今约七千年的骨锯。大约五千年前的青铜锯也在湖北黄陂境内出土。而在北宋名画《清明上河图》里的十字路口，有一个修车摊，地上放着一把锯，这是中国最早的框架锯图像。

木匠作业时，每一工序、每一部件，都要使用专门工具，遵循一定的操作规程。《墨子·法仪》说：“天下从事者，不可以无法仪；无法仪而其事能成者，无有也。虽至士之为将相者，皆有法。虽至百工从事者，亦皆有法。百工为方以矩，为圆以规，直以绳，正以县。无巧工、不巧工，皆以此五者为法。巧者能中之，不巧者虽不能中，放依以从事，犹逾己。故百工从事，皆有法所度。”在这里，墨子举木匠干活儿的例子来说明做事的法则：工匠们用矩画方形，用圆规画圆形，用绳墨画直线，用悬锤定好偏正（用水平器制好平面）。不论巧匠还是一般工匠，都要以这五者为法则。巧匠能切合这一标准，一般工匠虽达不到这样的水平，但仿效五者去做，还是会有胜过自身能力的表现。所以工匠们制造物件时，都有法则可循。

“没有规矩，不成方圆。”木匠活儿里，蕴含了人生哲理。

行规，也成为处世态度的投影。

木匠对斧头装柄时，绝对不能装满铁榫眼，只能装半榫。师傅看见徒弟的斧头装满榫，必严加训斥，没收其斧。同行之间一起做工，若发现谁的斧头装满榫，就会千方百计给他出难题，让他难堪。

木匠有了新斧头，不能用自己或他人的斧头来削新斧的斧柄，因为这极不吉利，有“自吃自”“自毁自艺”“艺不到头”和“半途而废”的寓意。

木匠专用的斧头，一般不借给外行人使用，尤其忌讳别人用他的斧口刮木丝、刻木皮、刻木纹。如有徒弟犯忌，肯定会挨师傅骂。据说，这是防止斧口“掉牙”。木匠素以爱护工具著称，尤其爱护自己的斧头。斧头被别人拿去乱砍乱刻，很容易破口，也会被同行瞧不起，说是“半路出家”。

在苏北等地，木匠外出做工，就算工期长，自己的斧头也总是随身携带，从不留在去干活儿的主家，而其他工具则不会随身带走。人们把木匠这种习惯称为“来去不离斧”。如果徒弟忘了带斧，空手来去，必被师傅责骂。产生这一习惯的原因有二：随身带斧可防身辟邪；斧头是祖师爷鲁班的象征，也是木匠的标志，随身携带是对祖师爷的崇拜，并体现职业尊严。

木匠们常唱：“斧头一响，黄金万两。斧头落地，买田置地。”

此外，还有其他一些规矩：锯忌倒拿与倒挂，收工定要松锯撬，专用铁锉不外借，使用刨子勿敲头，放置刨子底朝天，推刨、砍斧忌说话，停刨休息退刨舌，锛子不用也须带，榫眼忌讳手指抠，忌讳脚踩墨线勾，划钎不得随处放，角尺挂放第一位……

繁多的规矩，传递出一种信念：规规矩矩做人，认认真真做事。

## 木匠活儿，讲究的就是合作

在净心谷，张学儒和他的匠友们负责七角亭的建造。

亭子，在中国古代建筑中非常重要。古人说："亭者，停也。人所停集也。"意思是，亭子是人暂时聚集的一个场所。在古代园林建筑群中，亭子往往设计在视线交接的地方，形成构图中心。

亭子因用料的区别，制造出来的风格也不同。相比其他建筑材料，木亭更为常见。木亭形式主要以瓦顶的制造工艺区分，常见的为三、四、五、六、八角形亭，七个角的亭子并不多见。因此，从形式上来讲，这个工程颇有难度。

这座七角亭的建造，将使用七根直径两米多的大柱，木材来自南非。在传统木匠观念里，给普通人家建造的柱子大多取用六十年就能长成的树木，所以砍伐树之后再进行栽植，这样六十年一个轮回，只要坚持栽植，加以爱护，一般不会出现树木资源断绝的情况。

六十年才能长成的大柱

↓

那些来自南非的木材太大太粗，想要翻动它们可不是一件容易的事。这个时候就需要所有工匠密切配合：年长一点的在边上喊号子指挥，几十个年轻人随着号子的节奏用撬棍一下一下地移动木材。这样声势浩大的团队合作，彰显了人类的智慧，也体现了人类的渺小。

张学儒说，木匠活儿，讲究的就是合作。

→

木匠活儿，讲究的就是合作

## 工棚里，有他们最真实的生活状态

从初春到初夏，张学儒和他的十几个匠友苦干了三个月。这种蚂蚁搬大山的工作方式，一直要持续到四月份，雨季来临之前。

张学儒他们在工地旁搭了一个简陋的工棚，这是他们吃饭睡觉的地方。工棚邻水而建，用水还算方便。工棚内放置了各类工具和一些生活用品，锅碗瓢盆和柴米油盐的加入，让这里有了一些生活的气息。

匠人们已经习惯了长年在外漂泊的不安定生活。他们一年到头难得回家，有的在春节时才返乡一趟。这群个个身怀绝技的老男人，在外闯荡几十年，勤劳干活儿，养家糊口，憧憬于“老婆孩子热炕头”的日常生活而不得。他们恋家，他们孤独，“此情无计可消除”。

↑

没有高深的思想，只有一颗朴素的心

工棚里，有他们最真实的生活状态。

工棚里，温暖的火堆最能吸引人气。微弱的灯光下，匠人们围火堆而坐，各端一碗饭，偶尔举杯抿一口酒。晚餐比较简单，一荤一素一汤，不过匠人们不太计较这些，他们习惯在晚上小酌几口，缓解一天高强度劳动带来的疲惫。

晚餐过后，那些四十来岁的匠人，有的照例给家人打电话或视频聊天，有的津津有味地看起手机里的海外片，有的脱下脏兮兮的工装，洗个澡，换上一身干净衣服，收拾停当，哼着小曲儿出门去了。

几个上了年岁的匠人，坐在火堆边聊开了。

“我老婆在家里带孙子，我一个男子汉，在外面能挣多少挣多少，我一个普通老百姓的愿望就是养家糊口。”

“我今年六十多岁了，我自己挣的钱，我可以随意用，喜欢吃什么我就买什么，喜欢到哪里玩就到哪里玩。”

“这里就是我们的家，哈哈哈……”

几个老头子带点酒意，都有些激动。他们没有高深的思想，只有一颗朴素的心。

夜深了，火堆边，还有老头子坐那儿默默抽旱烟，身子一动不动，脸上无悲无喜，仿佛已经入定。

雨季很快就要来临，匠人们建在河边的工棚又一次面临搬迁。安全起见，他们需要把工棚迁移到半山腰上。尽管每个人都非常不情愿，却别无他法。“算上这次，搬三次家了。在这里住了两个月，睡得很好，但是没办法，我们也舍不得。”张学儒苦笑着说。

老头子想家了，却一个字也不说，只是把手上的刨子，推得更有力。

# 本性

5

## 每做一件事都要做好，不管是跟谁做

受访人

石匠李逢祥与木匠向兴福

九黎城，中国最大的苗族传统建筑群

距离重庆市彭水县城五公里的蚩尤九黎城，目前是中国最大的苗族传统建筑群，集中展示苗族历史文化的国家 AAAA 级景区，游客络绎不绝。

曾经参与蚩尤九黎城建设的石匠李逢祥、木匠向兴福，相约故地重游。他们一一走过苗族图腾柱、吊脚楼、四合院、九道门、楼中楼阁与楼中殿堂建筑集群等热门景点，眼前的热闹景象，让他们不禁感叹："刚来这儿的时候，这儿还是一片苞谷（玉米）地，现在你看，没几年的时间，就建设得这么好了，一天到晚有这么多人来玩。"

2015 年，李逢祥和向兴福在这个项目的工地上分别负责景区的石雕、木雕工作。能参与这样一个美轮美奂的超级工程，他们心底的骄傲写在脸上。他们轻轻抚摸亲手雕过的石头、木头，像抚摸自己的孩子。

## 匠人携手留佳话

走到一起的石匠李逢祥和木匠向兴福，是民间匠人携手合作的缩影。

民间传说，石匠、木匠、瓦匠的祖师爷都是春秋时期的著名工匠鲁班。当时，铁器已经普遍使用，生产力提高了，手工业有了进一步的发展，手工业者也有了一定的活动自由。如此一来，鲁班才有机会到楚国去，为楚国造了云梯、钩强（用于船上作战）等武器，声名大噪。其实，鲁班更多的发明制作都是有关民生日用的，如铲、刨、钻、曲尺、锛、凿、斧、锯等。

传说鲁班有三个徒弟：大徒弟叫张大，是石匠，使红线，被称为“红线上的”；二徒弟叫陈齐，是木匠，使黑线，被称为“黑线上的”，三徒弟叫李春，是瓦匠，使白线，被称为“白线上的”。

过去，手艺人彼此一见面就会问对方是哪道线上的。因为不管瓦匠、木匠还是石匠，他们干活儿时都是用单眼调线找直。如果答对了，就知道对方是行家。而内行人从石匠、木匠、瓦匠所用的木尺上就能看出他们是哪一行的。石匠用的是二尺杆，木匠用的是三尺杆，而瓦匠用的是五尺杆。

因为有共同的祖师爷，石匠、木匠、瓦匠仨师兄弟一起干活儿，分工合作，也便顺理成章。

如果遇上石匠、木匠、瓦匠一块干活儿，主人请他们吃饭时，不管石匠年龄大小，都要坐在上首——毕竟人家是大师兄嘛，这是规矩。

而干活儿时的习俗就不一样了：一起干活儿时，木匠、石匠都要听瓦匠的。据说当初仨师兄弟跟鲁班学手艺时，都是瓦匠给大伙儿做饭，因此，叫起撂歇时都听瓦匠的。久而久之，也便约定俗成。

匠人之间的合作，在历史上留下许多佳话。

《明实录》里留下明代两位著名工匠的事迹：一位是蒯祥，另一位是陆祥，“蒯善攻木，陆善攻石”，二人大体同龄，又是同乡，一木一石，双璧生辉。

蒯祥，今江苏省苏州市吴江区胥江镇香山村人。香山是木匠之乡，当地木匠被称作“香山帮”，其木工制品被誉为“苏作”，与“京作”齐名。出身于木匠世家的蒯祥，恰逢一个特殊的时代——永乐帝迁都北京，营建紫禁城宫殿，并大量兴建皇家坛庙寺宇。蒯祥在京城遇到施展才华的良机。他技艺高超，尽心尽职，步步高升，主持了京师大兴隆寺（大庆寿寺）重修工程。这项皇家工程，“壮丽甲于京都内外数百寺”。后来，他还主持营造了南内（又称“南宫”“南城”）殿宇、英宗的裕陵等，越有成绩越谦逊，越受表彰越恭谨。

蒯祥在工部任职多年，主管工匠监督，到了退休年龄，仍被皇帝留用，八十四岁卒于任上。《宪宗实录》如此评价这位大匠：“以木工起，隶工部，精于其艺。自正统以来，凡百营造，祥无不预，……祥为人恭谨翔实，虽处贵位，俭朴不改，常出入未尝乘肩舆，既老，犹自执寻引指使工作不衰。”

陆祥，江苏无锡人，出身于石匠世家。《无锡县志》称：“陆之先在元时为可兀阑之属。”“可兀阑”（又作“可兀兰”）是蒙古语，汉语的意思是“将作大匠”。在中国古代，从隋朝到明朝，多把建筑工程称作“将作”。而“将作”工程技术方面的负责人，则由那些精通专业并有丰富实践经验的人担任，称为“将作大匠”。

明永乐十五年（1417），紫禁城建筑工程启动，朝廷特旨征召南匠北上服役，陆祥是其中一位。在这些南匠中，有两个人对紫禁城的修筑起了非常重要的作用：一个是蒯祥，另一个就是陆祥。陆祥的石匠技艺非常高超，据《宪宗实录》记载："祥有巧思，常用石方寸许，刻镂为方池以献，凡水中所有鱼龙荇藻之类皆备，曲尽其巧。"人品也好，"为人颇谨愿，士夫不以其出自杂流而弃之"。他与蒯祥密切合作，两人携手完成了紫禁城浩大建筑群的设计监造。后来，在南内殿宇、隆福寺、马驹桥、裕陵等重点建筑的营造中，两人的身影一次次交集在一起，配合默契。在长达数十年的时间里，陆祥、蒯祥两位大匠为北京的建设做出了巨大贡献。

陆祥与蒯祥，有很多共同点：曾同为工部营缮所副丞，同日升主事，同日升员外郎，同日升太仆寺少卿，同日升工部右侍郎，同日升工部左侍郎。只是，陆祥比蒯祥早逝七年。

陆祥与蒯祥，虽"出自杂流"，却靠自己的聪明才智和匠人本色共同成就大业，被誉为一代"哲匠"。

"哲"，大格局、大境界之谓。其实，持守精益求精工匠精神的匠人，都是"哲匠"。

## 手艺人的本性

蚩尤九黎城，木匠向兴福看看大殿的屋檐，滔滔不绝地说起往事："我们在这里做了一年。整个工程很大，四十八根柱子下地，十几个人干了大半年，花掉几千个工时。这间屋修的时候，仅仅那根柱，十八个人抬不起来，立了之后，水平是百分之五十二的水，老板一看，不行，要像北京天安门城楼那样，上面水要陡一点，下面水要平一点，结果一计算一改，做得跟天安门城楼一样。"

↑

留在木头上的记忆

↑

温情而又灵动的九龙石雕

他摸摸李逢祥雕的石龙，连声赞叹："这个雕得好，这个雕得好。"走在长长的石阶上，他又感慨："这台阶，从下面到上面，总高度是九十九米，寓意九九归一。当时没有这个路，都是爬上去的，每天上来下去，上来一趟要十二分钟，下去要八分钟。当时是热天，非常热，天天走上走下的。"

李逢祥要内敛得多，默默地看，两眼有神。眼前的这番景象，让他感到曾经的艰辛非常值得，只是再次审视自己的作品，他觉得有些不尽如人意："这些是两年前打的。四米多长的石头，两米多高啊，用一辆大车把这个大石头拖来，再吊上来，非常辛苦。吊到这上面，打了一年多时间。安装这些石雕的时候用吊车，好麻烦的，那时候条件也不好。这边这条龙有一点遗憾，那几天我上山找材料去，没找到，有点遗憾，没有那么满意。"

李逢祥所说的石雕群由一条大龙和八条小龙构成，它们的身体相互交织，刻画的是龙妈妈带着孩子嬉戏时的场景，温情而又灵动。他一遍又一遍地抚摸龙身上的纹理。时不时有游客在石龙前驻足，拍照留念，李逢祥的眼角漾出笑意。

在大多数人看来，李逢祥的作品，无论造型还是比例，都无可挑剔。如此深厚的雕刻功底，非一朝一夕之功。

“我没有上过学，小时候家里穷，自己出来做事，到外面找师傅学手艺。一开始是在家里面拿一些小石头打，自己打着好玩。”李逢祥淡淡地说。提前进入社会的他，凭借从小的积累，掌握了高超的石雕技艺。

李逢祥觉得自己还可以雕得更好。

而向兴福的梦想是，“每做一件事都要做好，不管是跟谁做”。因为，“这是手艺人的本性”。

神秘、雄伟的蚩尤九黎城又迎来了一批特殊的游客——五六十个小学生。他们为导游姐姐的解说所吸引：“首先要跟大家讲的是，这个九黎神柱是咱们景区里面第三个被列入上海大世界吉尼斯之最的建筑，高二十四米，象征一年四季十二个月中的二十四节气，全部采用汉白玉雕刻。”

孩子们发出啧啧赞叹，兴奋地东瞅瞅，西看看。

在来来往往的游客面前，那些充满民族韵味的建筑和雕塑展现了苗族历史文化的精华，也展现了民间匠人的匠心独运。经过匠人之手的创造，它们有了生命力，在阳光下熠熠生辉。

李逢祥和向兴福一遍遍抚摸自己的作品，舍不得离开。

↑

深厚的雕刻功底，非一朝一夕之功

多年过去，他的汗水浸润了成百上千件铜雕作品。对他来说，每一件铜雕作品，看似冷冰冰，实则蕴含着生命的温度。

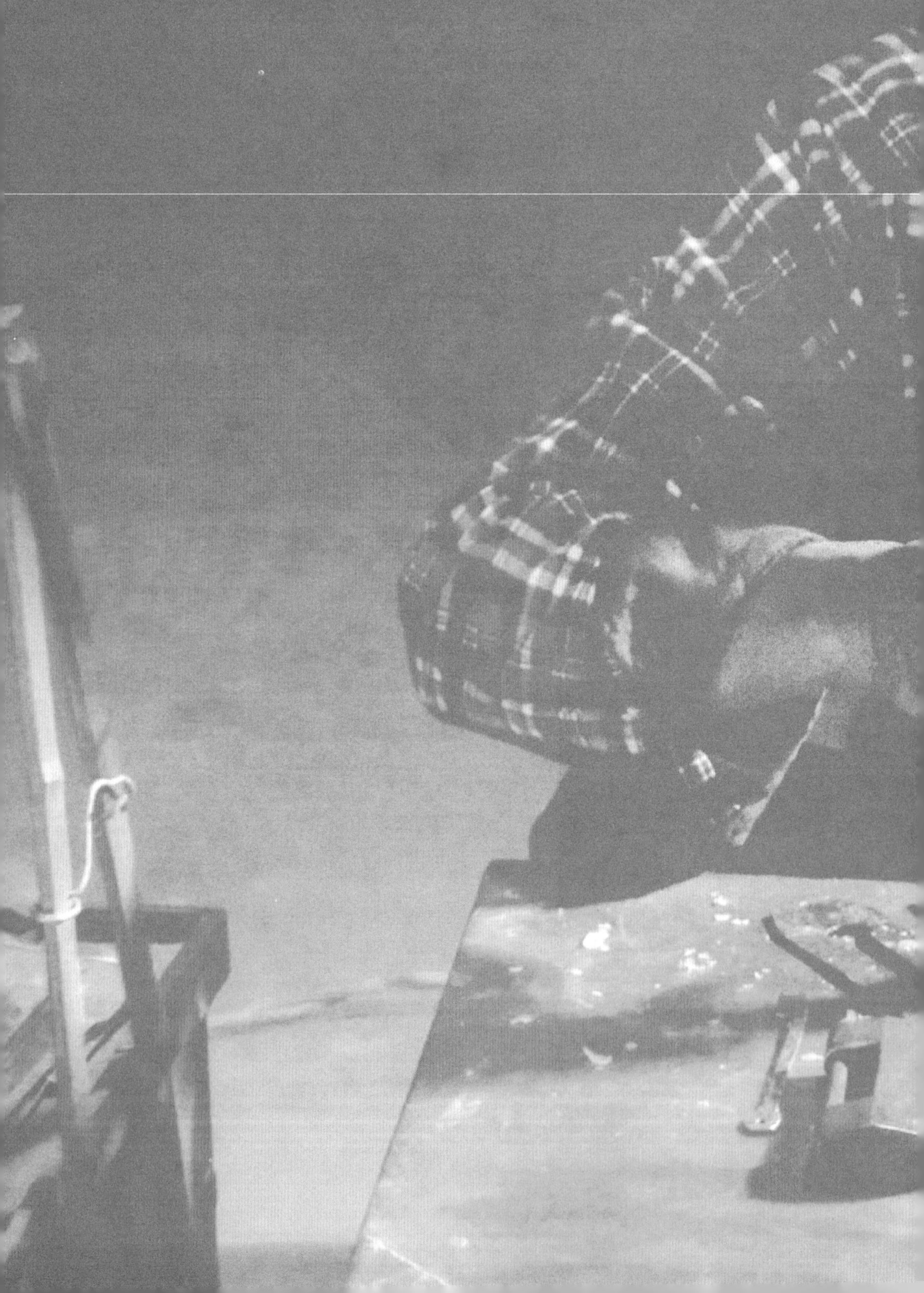

第二章

# 有温度的手艺

# 夙愿 6

## 念念不忘，必有回响

受访人

铜锁匠李梦乔

湖南省桃源县漳江镇，传统制锁匠人李梦乔的工作室里，各种造型的铜锁具琳琅满目：龙、凤、鸳鸯、蟾蜍、琵琶、虾、鱼等，整齐陈列于橱柜里，仿佛散发出远古的光泽，生命的温度。

↑

生活智慧和美感的象征

越千年，锁春秋。锁，生活中常见的一种定心之物。《辞源》说：“锁，古谓之键，今谓之锁。”

而在李梦乔的手里，锁，成为一种历史的见证，一种生活智慧和美感的象征。

## “从前的锁好看”

在中国，锁具制造工艺，已经有五千年的历史。早在新石器时期仰韶文化中，我们的祖先已懂得把个人贵重的物品用兽皮包起来，外面用绳索捆缚，最后在开启处打上特殊的绳结，而绳结只能用一种名为“骨锥”的工具才能挑开。绳结和骨锥，就是锁和钥匙的雏形。

锁的发展，与私有财产的积累同步。最早的锁为木制，仅是形式上的阻盗，所谓“防君子不防小人”。相传，春秋时鲁班于木锁内创设用竹片构造的簧片。至东汉时，随着冶炼技术的进步，金属簧片结构锁应运而生。唐代诗人杜甫的《忆昔行》云：“弟子谁依白茅室，卢老独启青铜锁。”唐宋时期，因铜材被大量用于铸币，铜锁尚属于贵重用具，多见的是铁锁。到了明代，白银成了流通货币，铜锁才开始进入寻常百姓家。

到了明代中后期，工匠们已经可以根据不同的需要，铸造出不同尺寸的铜锁。《西游记》第七十二回中就有很写实的描写：“那箱儿有八寸高下，一尺长短，四寸宽窄，上有一把小铜锁儿锁住。”

铜锁作为传统制锁工艺中最重要的一类，直到民国时期才逐渐被现代锁具取代。千百年来，实用功能之外，铜锁的装饰性，一直吸引人们的眼球。锁匠们把铜锁打造成了美观精巧的手工艺品。

为了迎合不同的审美需求，锁匠们铸造铜锁时，在形制上费尽心思，生活中的许多物象造型，都被融入锁的设计制作当中，如生肖锁、首饰锁、琵琶锁、龟锁、蟹锁、鱼锁，等等。

这些锁在细节上匠心独运，比如有些锁上刻的鱼虾双眼睁开，炯炯有神，寓意此锁在晚上也会睁大眼睛，给小偷一定的心理威慑。

锁匠们还在开锁难度和制作工艺上不断创新，如三色铜锁、白鹤锁、暗门锁、四开锁、倒拉锁以及各种人物和文字造型的锁具等。清代年间，还出现了无须钥匙、由事先设定的字符打开的刻字锁，已具现代密码锁的雏形。各式铜锁，拙中藏巧，朴中见美，富于想象力的工艺，内在意境的妙趣，呈现出一种幽奇、缤纷的艺术境界。

一把铜锁，其复杂的程度还与当时使用者的社会地位有关。比如，位于锁体端面的锁匙孔，大部分为文字形，如“一、上、下、土、工、士、山、六、王、正、大、口、圆、旦、古、而、吉、尚、喜、寿”等，五花八门，每种形状又各有深意：孔状为“一”字者，是平民百姓使用的锁具；“士”字者，是读书人、士大夫使用的锁具；“吉”字者，是达官贵人使用的锁具；“喜”字用于婚嫁；“寿”字寓意健康长寿；而帝王、将相、王公、公主等，则另有标志，不可僭越。

簧片数的多少，决定了锁具开启的难易程度。锁具拥有者的身份地位，同锁具簧片数的多少相关。锁具簧片数越多，拥有者的身份地位越高。

因为锁的严实性，古人除了将其用于保管物品，还发展出一种锁文化，为本来冰冷的金属抹上吉祥如意的民俗色彩。新娘出嫁时，嫁妆箱上要用十二生肖锁，脖子上要挂上吉祥锁；寿宴时，用福禄寿喜锁；小孩过生日，用长命锁。黄山莲花峰上的连心锁，成为“情比金坚”的美好寄托。

一把铜锁，锁住爱情，锁住祝福，这一沿袭至今的大众心理，为铜锁赋予了特殊的感情分量。

有人展示过一把家传的老铜锁，制于清代早期，用黄铜打造，长约八厘米，宽约四厘米，是姑娘出嫁时锁在妆奁（梳妆盒）上的陪嫁之物。铜锁正面是“百年好合”几个篆体大字，左右两边分别雕刻了一个童男、一个童女，各捧荷花、莲蓬，相对而视。荷音同“合”，童男童女则象征子孙绵延。铜锁的背面是福、禄、寿三星在祥云中翩翩欲仙，象征福禄的梅花鹿踏蹄而来，象征长寿的仙鹤展翅欲飞，寄寓吉祥之意的梅花、松针等装点其间。锁匠采用了浮雕、平雕、錾花等工艺，人物简练传神，草木栩栩如生，整个铜锁小巧精致。令人惊喜的是，历经百年时光消磨，锁面依旧光洁明亮，插入铜钥匙，严丝合缝，可以轻松开锁和锁住，牢固密实。

锁，是时光的信物。

透窗而入的阳光仿佛凝在那儿，李梦乔把自己收藏和制作的铜锁一件件排在桌上，手指轻轻拂过这些精美的手工器物。这场景，让人想起木心的诗《从前慢》：

从前的锁也好看，
钥匙精美有样子，
你锁了，人家就懂了。

## 宿命和热情

李梦乔出身于铜匠世家。“就是挑着担子闯江湖，主人家需要什么就打造什么。”制作铜锁，是这个家族的看家本领。这门手艺传到他，已是第四代。

随着时代的发展，铜匠的前景日渐暗淡，年轻时的李梦乔曾想着换一种活法，尝试过不少行业：唱戏、漆匠、乐师……不过，这位铜匠的儿子似乎逃不过宿命的轮回，最终还是捡起了家传的手艺。

“后来玩收藏，在市场上看到很多精美的铜锁，在查阅资料、和同行交流的过程中，我被这些精巧的构造折服，也被这些铜锁背后蕴含的文化深深地吸引。”李梦乔把全部精力投入到对铜锁的研究和制作中。

一开始，李梦乔试着修复古铜锁，后来自己制作，一发而不可收。

李梦乔钟爱于将锁具生活化，动物、乐器是他常选的造型，兼顾了实用性和美观性。

他制作的一套“福禄寿喜”铜锁，包括了四种代表吉祥的动物：喜鹊、蝙蝠、野鹿、狮子。它们精致鲜活，大小相当，高度约十厘米，如果没有留意到锁孔，你一定会以为它们是纯粹的工艺品。

"福禄寿喜"铜锁

↓

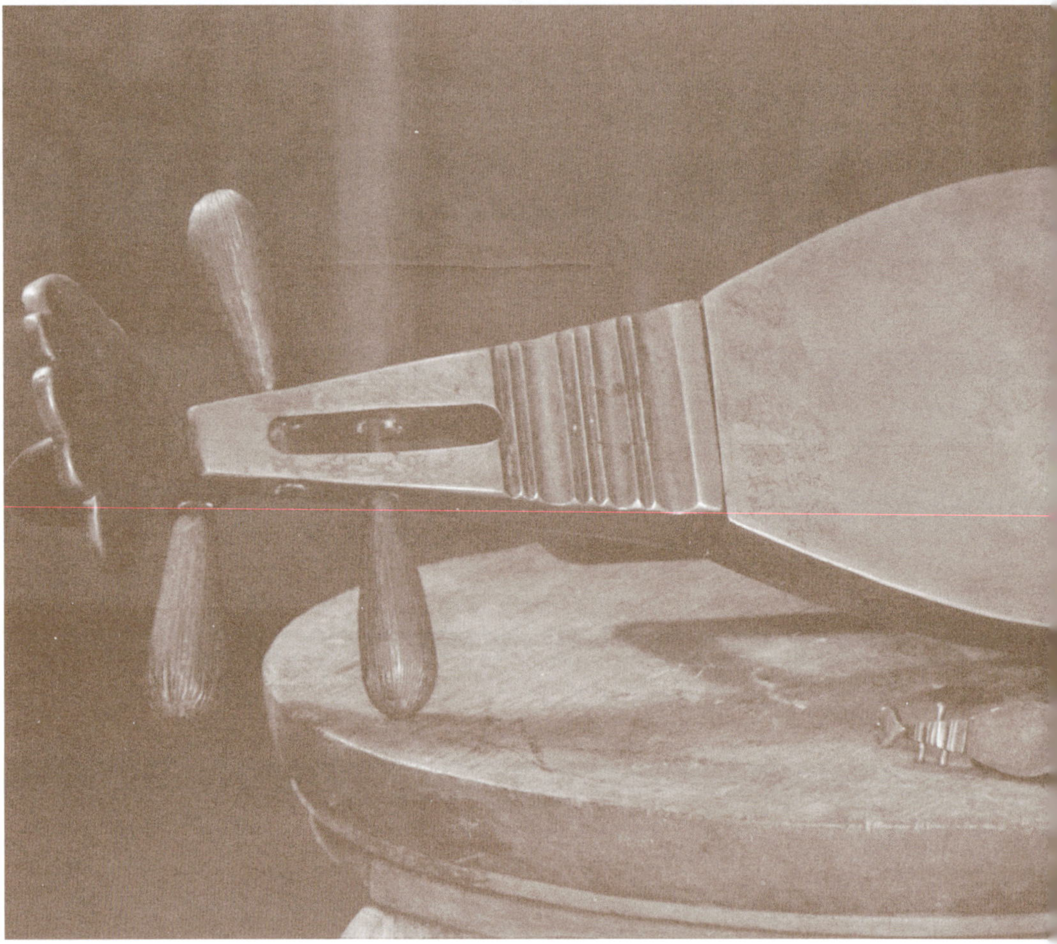

↑

月琴锁

他的一件得意之作——月琴锁，重达七十五斤，需要两人才能开启。

在李梦乔看来，铜锁匠堪称中国历史上最早的机械师。一把看似简单的铜锁，工艺上颇为繁杂：选定铜材，熔化冶炼后，倒入制好的石膏模具中，把零件加工成合适的形状，再行焊接，打磨抛光，精心修饰，配上簧片和钥匙，一把铜锁才算完工。

铜锁每个部件都是纯手工打造的，锁匠通过不断地捶打锻造，把铜片加工成想要的形状，再用锉刀反复打磨铜片，制成铜锁上的装饰品。“最普通的铜锁一般都需要三天左右，至于那些复杂的机关锁和密码锁，就很难说了。”李梦乔工作台上的一把机关锁已经花去了他一周的制作时间，还只是一个雏形。这把锁制成后，要依次触动三道机关才能发现锁孔，构思之巧，可见一斑。

## 琵琶锁是怎样制成的

李梦乔制锁，用的是传统古法烧制工艺。他为我们展示了一把琵琶锁的完整制作过程。

首先，制造蜡模。蜡模是古代常用的铸造方式：先将成块的蜡加热熔化后冷却，在尚未完全凝固的时候，将蜡加工成需要的形状。蜡模的大致形状确定后，不断调整细节，直至制作出最满意的造型。

李梦乔用来取蜡模的工具并不复杂，几把尺寸不同的刀片，外加一把刷子。只见他东削一下，西刻一刀，不一会儿，一个琵琶形状的里型就做好了。做好里型之后，李梦乔又将蜡模放在模具中用石膏取模，石膏成型后再放到专用的锅里用水煮。石膏煮过以后，里面的蜡模熔化，琵琶锁的石膏模型就出来了。再把石膏模型拿到炉子里煅烧，使它的温度接近铜的熔点。李梦乔说，这个阶段最关键的就是掌握火候。

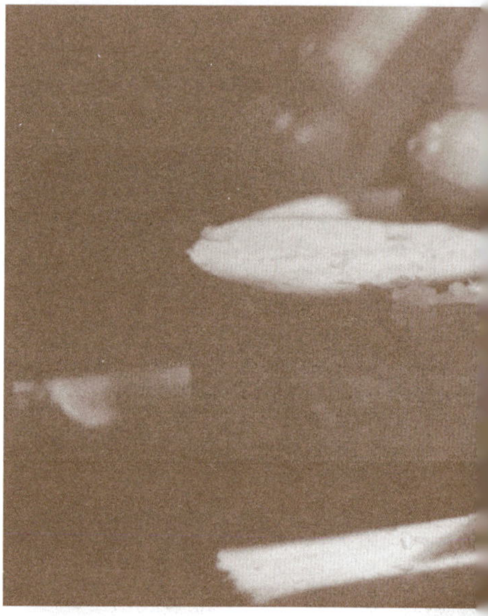

下一步就是熔铜了，这个过程需要的火力较大，温度需要控制在一千六百度左右。此时的李梦乔已经大汗淋漓，他小心翼翼地拿出了手拉风箱。这是一个看起来十分老旧的箱子，箱子上的红漆已经褪色，露出了木头的本色。手拉风箱分三层结构，上面两层是抽屉，可以放些简单的工具，下面一层是风箱的动力“引擎”。拉动下层的把手，风箱就产生风力，使炉子里焦煤的燃烧速度加快，从而快速提高铜的温度。这个风箱已跟随李家上百年，李梦乔的先辈们曾经担着它走街串巷。对这祖传之物，李梦乔视若珍宝，平日里舍不得用。

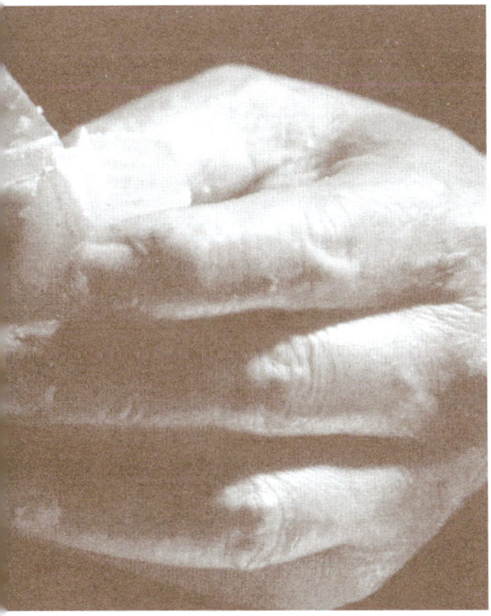

熔好的铜水要用食盐打渣去杂，去除杂质以后倒入石膏模具中，等到铜水完全冷却，将石膏模具敲开，取出锁具，再经过整形、抛光，琵琶锁才算制成。

在李梦乔手里，这些锁具造型并非随手制作，而是根据不同的故事传说赋予其寓意。李梦乔说，琵琶锁的创意就来自《西厢记》中张生听琴的故事。“所以这个琵琶锁就作为爱情或者知音的象征，传承了下来。”

→

家传百年的风箱

## 七开锁的奥秘

李梦乔还有一件神秘的宝贝：一把机关重重的大锁，二十多斤重，底部为长方形，慢慢往上收，两端就成了拱形。上面的花纹有古代常见的招财神兽貔貅，也有常见驱凶化吉、镇宅镇库的八仙神器，锁面上有两个伞状的铜泡，锁的左端也有一个较小的铜泡。

民间流传，李梦乔祖辈曾为当时的大户人家打制了一把需要

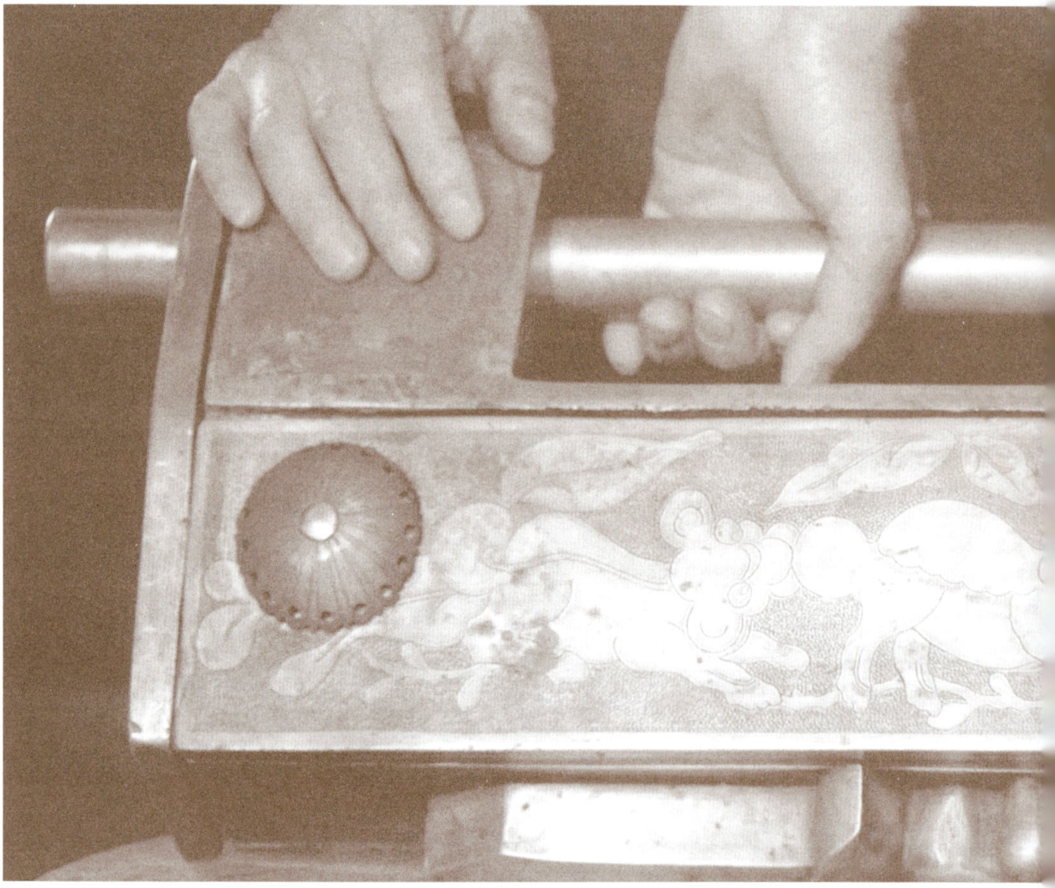

七个程序才能打开的锁，李梦乔的父亲对此深信不疑，他想将这把传奇的锁收回来，却一直没有找到它。李梦乔继承了父亲的这一信念，他为了验证传说，制作出一把相似的七开锁。

遗憾的是，当初李梦乔决定要自己研制出这样一把锁的时候，父亲已处于弥留状态，无法再和他探讨七开锁的奥秘了。父亲去世后，研制七开锁便成了他的神圣使命。功夫不负有心人，经过两年的精心研究，李梦乔找到了开锁的六个秘诀，而如何解开第七道机关，目前仍是一个谜，还需要他继续探索。

虽然还没有完全揭开七开锁的奥秘，但是眼前的这把锁，已经足以让在场的所有人大开眼界。李梦乔有些自豪地向我们展示了这把锁的开锁方法："这把锁有三柄钥匙，打开它需要六个环节。这两个铜泡是分散人注意力的，不是机关，也不是开锁用的。真正开锁的第一个机关在这里，锁梃向前推；第二个环节……第三个环节……第四个环节……第五个环节……第六个环节……"只见他或拨弄，或转动，或旋扭，最后"啪嗒"一声，锁阀开了，在场者情不自禁地鼓起掌来，仿佛刚刚领略了一场侦探大片。

←

机关重重的大锁

# 温度 7

## 冷冰冰的铜雕背后，蕴含着生命的温度

受访人

铜雕匠陈三军

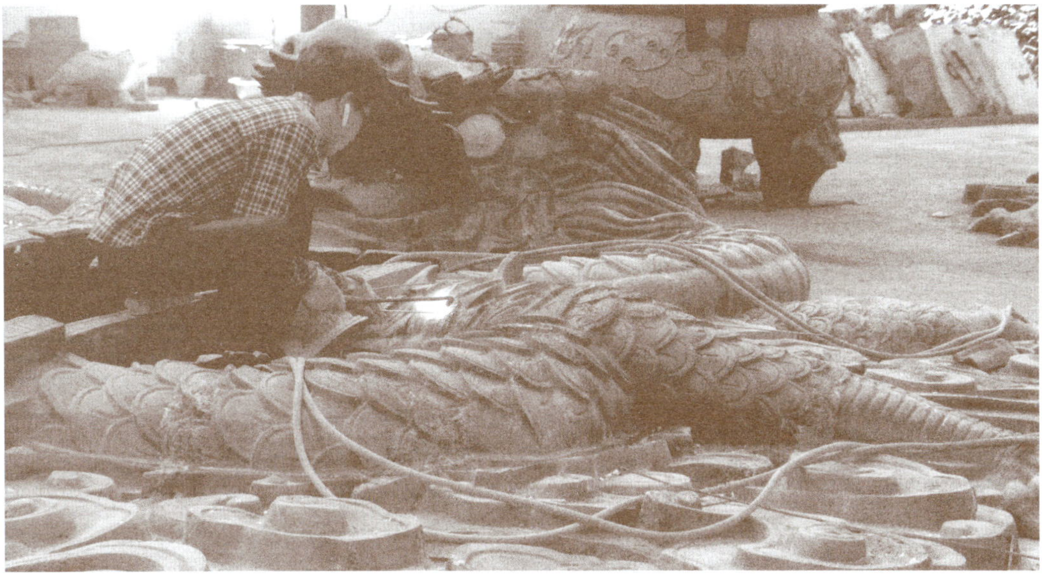

酷暑时节，湘西吉首的一个铜雕厂里，陈三军正在和工友们制作一个宽6.9米、高6.3米的龙形挂匾。一个月后，这个“二龙抢宝”的铜雕挂匾将被安放在贵州独山净心谷景区，作为一块石牌坊的核心组成部分。

因为需要赶工，陈三军每天在高温下持续工作近十个小时。他拿着气焊枪焊接挂匾的部件，脸上的汗水成串往下掉，而墨镜下的双眼仍然专注地盯着手里的活计，每一个动作都小心翼翼。

陈三军年轻时，主动向父亲求艺，学习制作铜雕。多年过去，他的汗水浸润了成百上千件铜雕作品。对他来说，每一件铜雕作品，看似冷冰冰，实则蕴含着生命的温度。

## 铜雕，国宝之艺

铜雕文化博大精深，源远流长，几乎贯穿整个人类文明史。早在公元前三千年前，我们的祖先在寻找石器时认识了矿石，在烧制陶器时初步掌握了青铜冶炼技术。原始的冶铜术为古代冶金技术奠定了基础，冶金技术的发展又为运用青铜制造生活用具、生产工具和武器提供了条件。青铜器的使用，青铜时代的肇始，使得华夏文明的发展进入了一个新阶段。

铜雕产生于商周，是以铜料为坯，运用雕刻、铸塑等手法制作的一种雕塑。

商周时代，在政治、宗教、生活等领域，人们已经大量使用铜制品，当时的铸铜及铜雕艺术已经达到了很高的水平。铜雕造型多呈威严粗犷、端庄沉稳之态，表现出坚实浑厚、富丽辉煌的质感。铜雕的纹饰主要为饕餮纹，或以动物头部造型和鸟、兽、虫、鱼部分形体组成抽象的图案，来衬托整体造型。

中国历史上重要的早期铜雕艺术品有晚商的后母戊鼎和西周的伯矩鬲，以及汉代的马踏飞燕。

珍藏于中国国家博物馆的后母戊鼎,是迄今世界上出土最大、最重的青铜礼器，享有“镇国之宝”的美誉。原器 1939 年 3 月在河南安阳出土，是商王祖庚或祖甲为祭祀其母戊所制，鼎呈长方形，口长 112 厘米、口宽 79.2 厘米，壁厚 6 厘米，连耳高 133 厘米，重达 832.84 公斤。鼎身雷纹为地，四周浮雕刻出盘龙及饕餮纹样，反映了中国青铜铸造的超高工艺和艺术水平。

1974 年出土于北京琉璃河的伯矩鬲，是西周青铜礼器中的食器，全器装饰立体与浮雕的牛头七个，整个器形端庄厚重，纹饰大方，不加地纹，而由立体的牛头和翘起的牛角、牛耳等细部强化轮廓线，造型华丽，精美绝伦。

1969 年出土于甘肃武威的马踏飞燕，为东汉青铜器，身长 45 厘米，宽 13 厘米，重 7.15 公斤，形象矫健俊美，别具风姿：马昂首嘶鸣，躯干壮实而四肢修长，浑圆的躯体呈流线型，四肢动感强烈，三蹄腾空，右后蹄踏一只展翅奋飞、回首惊视的“风神鸟”龙雀（俗称“飞燕”）。

在中国历史上，铜雕文化几乎涵盖了社会生活的所有领域，如货币、兵器、邮政、宗教、冶金、天文、建筑、气象、中医等。从佛像到铜钟，从铜书壁画到生活用品，处处可见铜雕。铜雕文化与其他文化相互渗透、相互作用、同步发展，共同形成了中国的传统文化。

一代代的铜雕匠人，在实践中摸索总结出一套精妙的工艺流程。传统铜雕的制作，一般都要经过金属冶炼、锻造、雕刻、镀金、磨光、上红等多道重要的工序。工序比较复杂，工艺也十分考究。

铜雕的传统铸造方法主要有两种，即翻砂铸造与失蜡铸造。

翻砂铸造是将熔化的金属浇灌入铸型空腔中，冷却后而获得产品的生产方法。砂型的原料以砂子为主，并与粘结剂、水等混合而成，因而此法简便易操作，材料成本低廉，但可变因素多，无法实现细节上的完美。

失蜡法最早产生于商代中晚期，是专门的青铜精密铸造方法，具体做法是：用蜂蜡做成铸件的模型，再用别的耐火材料填充泥芯和敷成外范，加热烘烤后，蜡膜全部熔化流失，使整个铸件模型变成空壳，再往内浇灌熔液，便铸成器物。这是一种能够完美呈现青铜器细节之美的铸造方法。中国古代的鼎、炉、乐钟、印玺等，大多经由失蜡法制作而成。

如今，除了铸铜，铜雕还有锻铜、刻铜、熔铜等工艺，以黄铜、紫铜材料为主，不锈钢、铝板等材料为辅，经过绘画、蚀刻、錾刻、拼接、热处理、着色、上蜡等程序而成型。

铜雕技艺，包括镂空、点刻、烘炼、叠镶、三色、熔模、熔铜等。

镂空，是用手工雕刻出穿透物体的花纹与文字，比如花鸟、云彩、人物等，形成多层次的空穴以及镶嵌的复合夹层。这种镂空技术运用于铜雕壁画，使其凹凸有致，层次分明，立体感强。

点刻，是运用刀、锤、锉，通过捶打、连接、锉平，形成花朵、鸟兽、人物等形象。一具浮雕，往往需要数十个工匠连续捶打几天才能完成。

烘炼，是用加热的方法使铜纯净、变软。因为铜板变软后可塑性好，冷却后不会断裂、发脆，表面坚韧、清晰、光滑。用这种方法制作的铜壁画，看不到接痕，画面真实生动。

叠镶，是通过连接处尺寸不同的槽子，将各层叠加、镶合、熔化成一体，而不需要用一根钉子，非常坚固结实，甚至连水也渗透不出。这种工艺要求匠人有极佳的心算能力，能算出正确的尺寸，使各部分镶嵌得服服帖帖，做铜斗拱、铜扶拱、铜花格等，须相互搭配，把一端镶入另一端，运用力学原理将各部分拉聚，或在外围加边，所谓“金镶玉嵌”。

三色，是借用石雕的阴刻、阳刻和西洋铜版画的表现手法，进行分层次氧化着色，并对主体画面镏金、镏银，使整幅画面由高贵的金色、闪亮的银色及温馨的铜色组成，三色结合，显出古穆、精致的气质。

熔模，是用蜡制成模子，涂上泥浆，控制厚度，将铜液注入，冷却即成。铜器表面光亮、清晰，没有结疤、沙粒、气泡。这种技艺，从战国延续至今。

熔铜，是一项促进了金属铸造技术变革的工艺。传统的金属加工一般采用模具，但造型比较死板，缺乏灵活变化，而熔铜则是一种无模可控熔铸成型的方法：将铜的边角零料倒入坩埚内熔化，加入介质，使之达到一定温度后自然流淌，慢慢地凝结成熔铜配料，再进行着色与焊接处理，并融汇铸、锻、刻、镂、雕、点、镶、镀、色等工艺，制作出独具一格的铜雕品。

现代雕塑里，铜雕越来越多地作为装饰物出现。从城市广场到普通家庭，铜雕艺术品往往成为提升底蕴、决定气质的点睛之笔。

1997 年 7 月 1 日，香港特别行政区成立，中央政府把一座精美的铜雕——《永远盛开的紫荆花》，赠送给香港。它根据含苞待放的紫荆花形状以青铜雕刻而成，重 70 吨，长、宽、高均为 6 米，表面贴着意大利金箔，并用四川红花岗岩基座承托。基座圆柱方底，寓意九州方圆，环衬的长城图案象征祖国永远拥抱着香港。底座上刻着“永远盛开的紫荆花”八个金色的大字，象征香港永远繁荣昌盛。这座铜雕被安放在香港会议展览中心新翼前，凭海临风，成为“东方之珠”的新地标。

陈三军希望，自己制作的“一龙抢宝”铜雕挂匾，也能成为净心谷景区的地标。

## 新科技和老办法

陈三军的现代铜雕制作，没有完全沿袭古法，而是利用了现代科技的力量，让铜雕的制作更为简便。

“二龙抢宝”铜雕挂匾的制作，对陈三军提出了新挑战。这个挂匾体形巨大，无法以常规方式一次性完成铸铜，只能将挂匾分解为数十个部件分别制作，再拼接为整体。

大型铜雕的制作，最难的就是铜雕的部件组合问题，既要完美无瑕地嵌合在一起，又要保证工艺制作的美观性。因此，焊接的时候要特别小心。陈三军他们想到一个比较理想的办法——顺着龙鳞的轮廓线来焊接。

龙是东方文化中的图腾，神秘而又威严。因为用料的不同，龙的造型在工艺上会有些差异。将图腾与所用的材料结合，体现出龙的质感是造型的一大关键。陈三军用传统方法解决了这个难题：先炼铜，再用铜水焊接。

→

“二龙抢宝”铜雕挂匾

“我就是先搭个土炉，然后用那个焦煤来炼铜，下边用鼓风机吹。当温度达到一千一百多度时，铜就熔化了；一千三百到二千五百度的时候，可以达到铜的沸点。就是以焦煤为燃料，鼓风机为助力，采用最传统、最原始的方法炼铜。如果用新能源的话，我怕自己掌握得不好。”遇到新问题的陈三军，用了父亲教给他的老办法。

用老办法炼铜，再拿气焊枪焊接的新一代匠人，就这样把传统与现代融合起来。

气焊枪焊嘴喷出的火苗映在陈三军的墨镜上，红彤彤的，闪耀着生命的温度。

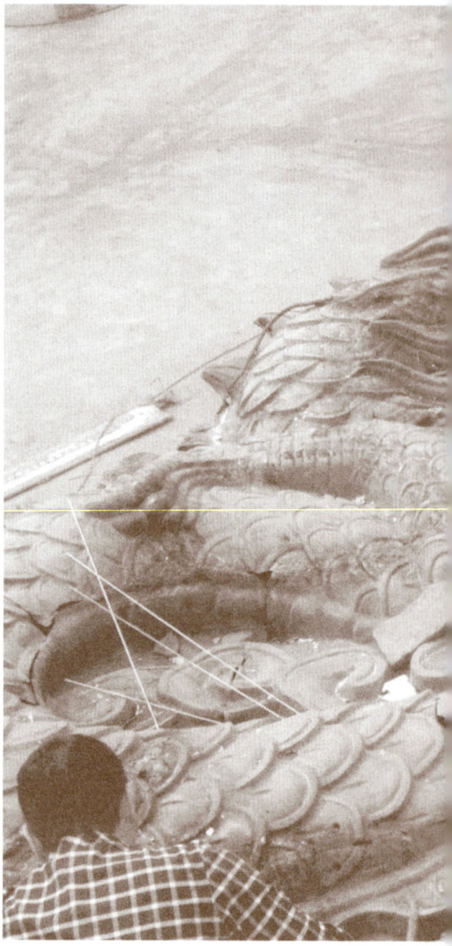

→

传统工艺与现代技术的融合

# 坚守

8

## 打铁全凭心和眼

受访人

铁匠瞿张旺

“世上三行苦，打铁撑船磨豆腐。”打铁，既脏又累的苦力活儿。无论春夏秋冬，铁匠日夜守在炼炉旁干活儿，特别是夏天，在炉边挥舞铁锤，酷热难耐，身溅火星。

如今，乡村打铁铺已经越来越稀少了，只有很少一些人还在坚守这份技艺。

在贵州独山净心谷景区的打铁铺里，铁匠瞿张旺正和一个看上去年纪比他稍大的中年男子打造铁器，两人是师徒关系，这名中年男子是他的徒弟。两人分工明确，瞿张旺负责煅烧，徒弟则负责掌握炉子里的火候，煅烧之后两人轮流捶打，直至铁器定型。

“学徒一开始就要打大锤，打大锤就是考验人的耐性，看你能不能坚持下去。”瞿张旺拿毛巾擦了把脸上的汗水，瞧着身边的徒弟说。

## “打铁全凭心和眼，多嘴多舌学不会”

瞿张旺是这家打铁铺的第三代传人。打铁这种相对原始的锻造工艺，在历史上的中国乡村十分常见。

远在春秋战国时代，就有了冶铁业。到了秦汉时期，铁器被广泛使用，出现了专业的铁匠。两千多年来，这个行当在传承中积淀了厚重的历史文化底蕴。

“半间东倒西歪屋，一个千锤百炼人”，是旧时铁匠的真实写照。一张铁砧，几杆铁锤，几把夹剪，火炉，风箱，是打铁人的家当。他们将锻打的铁块烧红放在铁砧上，大锤、小锤轮番对打，一件件锹、耙、镰、犁、铲、刀、叉、钉等生产工具、生活用具便打造出来了。

打铁铺里的炉台以砖、泥砌成，约有半人高，左边是风箱，右边是炉膛，上有烟囱高出屋顶。烟囱粗大，形状不同于普通家庭的烟囱，便于人们辨别。

砌炉灶和砌锅灶一样，民间不称为“砌”而称为“支”，寓意“支撑门户，创家立业”。俗话说，“锅灶一支称一户，红炉一支就算铁匠铺”。

支炉时的位置，铁匠们很讲究，特别忌讳支在铺内下首。所谓“下首”，是指屋门右前方或屋内右后方。炉必须支在上首——传说，铁匠的祖师爷是“天上神仙李老君”（老子），在所有匠人的祖师爷中“神位最高”，因此铁匠们自称“天下第一匠”。

铁匠上炉操作一般是三人一组，称为“铁三锤”：师傅左手拿火钳，右手握小锤，被称为“带路锤”或“使小锤的”；第二个人被称为“第二锤”，也叫“打下锤的”或“拿大锤的”，多由具有一定经验、快出师的大徒弟担当；第三人被称为“打帮锤的”，也叫“使三锤的”或“拉风箱的”，多由学艺不久的小徒弟充当。“打帮锤的”最辛苦，既要往炉灶里加好煤，保证炉火旺，同时拉好风箱，又要忙里抽闲打好“第三锤”。

铁匠行当有一个行规：“开工上炉不呼喊。”也就是说，铁匠上炉操作互不言语。如果开炉时人员不齐，缺人手，就用小铁锤在铁砧的尾巴（俗称“砧手”）上连敲数下，发出清脆的响声，就像学校里的上课钟声，把人唤来。这一习俗，称为“开砧聚人”。

开炉时为什么不能呼喊？据说，炉前呼喊会“惊祖”，也寓意“散伙”。

另一行规，也是要求闭嘴的：“打铁过程不叫人。”“铁三锤”也叫“哑巴锤”，三人分工明确，各干各的，师傅一般不呼唤徒弟，徒弟也不问这问那。有首民谣是这么说的：

铁三锤，哑巴锤，
不声不响自领会。
打铁全凭心和眼，
多嘴多舌学不会。

打铁铺里，除了炉火声、风箱声，便是叮叮当当的锤打声了，那么单调，却又那么丰富，什么也没说，却又说出了一切。

打铁时，师傅手握小锤。小锤扁平，呈直角梯形状，很轻，锤打时不用费太大力气，主要是用来掌握方向和力度，指挥“拿大锤的”打，起个点到为止的作用——小锤点到哪里，大锤就砸到哪里；小锤示意用力大锤就用力，小锤示意轻砸大锤就轻砸。

大锤很重，一般铺子里备有两三把，轻一点的十来斤，重的有二十多斤，越重的锤把越细，越柔软，一般人不会使，熟手才使得了。抡大锤，砸大件和硬件，很多时候并非用蛮力，主要是个巧劲。“拿大锤的”视小锤起落的幅度和要砸的地方，分轻重缓急来砸。该用多大的锤，就换多大的锤。叫砸哪里就砸哪里，必须准确无误。在大锤小锤的默契配合中，“拿大锤的”身上汗水四溅。

到了最后的细活儿，就由师傅操小锤来完成了。徒弟在一边静静看着，学习师傅的手艺。

打好的锄、镰、镢、锨等有刃铁器，如果刃不齐，就要用切刀切一切，再烧打出刃来。随后，还要再把铁器放到炉子里烧红，拿出来，趁热浸入凉水中，使其急速冷却，是为淬火。淬火的目的是增加铁器的硬度和强度。不需要切刃的铁器打好后，直接淬火即可。

## 铁器上的名号，工匠精神的生动体现

在中国历史上，铁匠这一行是开行最早、分布最广、数量最多的行业之一，而行规与忌讳，也数这一行最多。比如，同行间制作的铁器成品，不经对方或自己的师傅许可，不能随便拿过来用手摸试、察看和研究；遇到问题，只能拿着自己的产品，请求本门师傅指教，而不能求助于外门道师傅。

铁匠历来讲究“独师传艺”，注重“一门一特色”。同行间既尊重对方手艺，又特别注意维护本门威信。如果本门徒弟私看别人产品，容易被别人的匠艺吸引，影响本门师傅在徒弟中的威信。俗话说，“胖归胖，瘦归瘦，各师傅各传授”。同时，忌讳别人私看自己的产品，是预防外门道的同行偷学本门手艺或盗取名气。

与石匠、漆匠、瓦匠等不同，铁匠行当的一大特点是要将自己或师傅的名号打制在自己的产品上。这关涉到作为工匠精神精髓的质量担保、匠人荣誉传统。

在历史上，中国很早就形成了标注器物制造者姓名的制度。众所周知，秦始皇统一了度量衡，为控制产品质量、推行标准化生产奠定了基础。事实上，在秦始皇统一中国之前，秦国就实行了“物勒工名”制度，要求器物制造者把名字刻在自己制作的产品上，以方便管理者检验产品质量，考核工匠的技艺。

据《吕氏春秋·孟冬纪》记载：“物勒工名，以考其诚，工有不当，必行其罪，以究其情。”也就是说，如果器物做得不合格，诚信不够，将给予惩处。对此，《秦律》中有具体的惩罚规定。秦代制器，不仅要刻上工匠之名，还要刻上督造者和主造者之名，以便逐级追查产品质量的责任人。若不刻名，就要被罚。

秦朝还建立了从中央到地方的系统的技术与产品质量管理机构，以及分工负责制度。在为皇室管理私财和生活事务的少府中，工师为手工业作坊的负责人，集技术与管理于一身，传授技艺的同时，负责监督工匠操作、检验产品质量等。检查产品质量，要求“必功致为上”。对于优秀匠人，也有具体的奖励办法。正是在这样的制度下，秦朝工匠们制造出了铜车马、兵马俑等精湛的艺术品。

工匠制度的传承发展，渐渐形成了特有的工匠文化和工匠理念，在无形中约束着工匠的行为。以杆秤制作为例，工匠们相信，每个秤星代表北斗七星、福禄寿等，如果所造的秤亏顾客一两，制秤人就折寿一年。在陶瓷业，官窑（如龙泉窑）生产的好产品献给皇家，出现次品就要砸掉。各窑工匠都坚守一个传统：仿品不能当正品出售。

建立于“物勒工名”制度和职业荣誉感基础之上的“精益求精”精神，使得历朝历代的工匠源源不断地产出名扬四海的玉器、青铜器、瓷器、丝绸等精品，铸就了中华灿烂文化。

回到铁匠行当，一把剪刀上的“张小泉”三字，凝聚了多少血汗和骄傲！

铁器上的名号，是工匠精神的生动体现，是足以让今人汗颜的“乡土中国”遗存。

## 他把自己的江湖梦，寄托在了打铁这项技艺上

如今，传统的打铁手艺，逐渐为更为方便快捷的现代锻铸工艺所取代，市场的大幅度缩小，使越来越多的铁匠转行或退休。而瞿张旺坚持了下来。他把自己的江湖梦，寄托在了打铁这项技艺上。

烧铁

打好一把铁器的关键在于两道工序：一是煅烧，要将铁烧到赤红；二是捶打。对铁器的捶打，一方面是为了让铁器塑形，另一方面是为了排出碳和其他杂质。两道工序交叉进行，一边烧铁，一边捶打。在瞿张旺看来，这极其考验铁匠的耐力。既要在高温环境中作业，又要有足够的体力，现在的年轻人很少能吃得了这种苦。

目前，瞿张旺还没有几个可以长期跟着他的学徒。对此，他看得很开："现在带一个徒弟，也是不简单，有的见我扛的这个大锤就害怕了。如果爱好这一行，就容易坚持；你要是不爱好，只当无所谓，那就根本学不下去。"

做铁匠并不等于抡大锤，要在这个看似没有太多技术含量的行当里做好，还是要多花心思。"干这一行要靠自己的悟性，要是不钻研，不找技巧，根本就学不好。打一辈子大锤的都有。"瞿张旺感叹道。

瞿张旺的打铁铺里，摆放着一缸满满的冷水。他把烧得通红的大弯刀浸入水里，只听见"嗤"的一声，一大团白烟从水缸中冒起来。这个淬火的过程，他的动作从容娴熟，眼光里有微微的陶醉。

刚刚打造好的大刀威武、霸气，像极了武侠剧里的造型，仿佛有一种可以使人瞬间穿越到古代战场的魔力。可以看出来，打造这把大刀的人心中，也有一个武侠梦。

瞿张旺希望可以打造出一种武侠小说中描写的那种削铁如泥的利器，不过尚未如愿。于是，他就成天在铁砧上举锤打啊打，仿佛要打到地老天荒。

炉中的火焰，好似瞿张旺不灭的信念，始终燃烧。

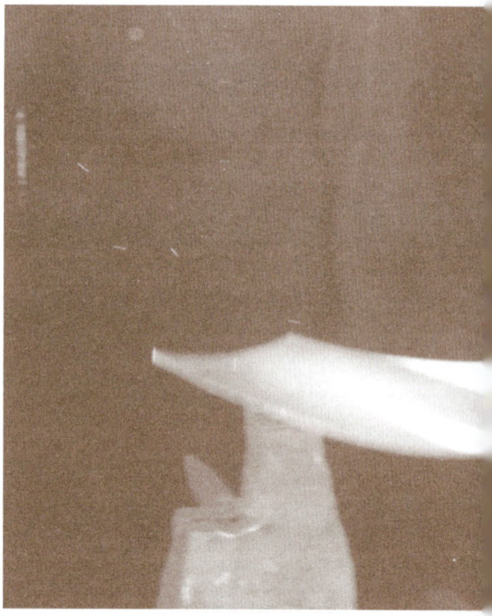

←

打铁

←

铁匠心中也有一个武侠梦

# 希望 9

## 他把匠人的那份骄傲，一点一点雕琢在银饰中

受访人

银匠李写永

贵州凯里，黔东南苗族侗族自治州的“苗岭明珠”，苗族人民正在酝酿一场盛大的狂欢。第二天是苗族传统节日“六月六”，女人们早就按捺不住心中的喜悦，三三两两地聚在一起，开始琢磨第二天的穿着。

银匠李写永也没闲着，他正在用锤子打造一枚椭圆形轮廓的耳坠。

李写永家族世代从事银器制作工艺，到他已经是第五代。李家是做耳饰起家的，只是刚开始时银饰种类非常少，到了李写永父亲那辈，手艺才真正拓展到各式各样的银饰制造中。李写永所在的苗寨里，女人们佩戴的银饰，基本都出自他的家族。

李写永一直相信，他打造的银饰，会给佩戴者带来幸福。他把匠人的那份骄傲，那片情意，一点一点地雕琢在银饰中。

## 在日常生活中，苗人对银饰奉若神明

“运金做什么？运银做什么？运金给妈妈，运银给妈妈。妈妈得金银，装满柜和箱。”这是记录传世历史的苗族古歌中的一首。苗族人好金银，尤爱银饰。头戴银冠，脖挂银项圈，胸前铺满银饰的盛装苗女形象，构成了绝大多数人心中的苗人印象。在某种意义上，银饰甚至可以说是苗族的代名词。

苗人佩戴银饰，由来已久。据考证，至少在汉代以前，苗族先民就在一定程度上掌握了金属冶炼技术，苗人使用银饰的历史可以追溯到汉代。

在早期的巫术图腾活动之中，苗族人笃信银器有驱邪逐祟、防阴气戕害的功能。他们戴上银脖圈，据说能战胜作恶的“老变婆”，确保合家平安。闻名遐迩的黔东南苗族大银角，其造型源自祖先蚩尤“头有角”的形象，旨在祭祀祖先，获得其保佑。在日常生活中，苗人对银饰奉若神明，分外爱惜。

苗人创造了各式各样的银饰造型，银饰逐渐进入日常生活的方方面面，成为他们重要的首饰品、工艺品和婚嫁用品。

明代万历年间郭子章的《黔记》，是最早记载苗人使用银制品作为装饰物的文献：“黎平苗与贵州同。其妇女发鬓散结、额前插木梳，富者以金银，耳环亦以金银，多者至五六，如连环。”

到清代时，苗人中银饰的使用已经非常普遍，无论男女老少，皆以佩戴银饰为美。当时的钮祜禄·爱必达所著《黔南识略》中记载：“苗族男子，项戴银圈一二围……女头必裹布，耳戴大环，项戴银圈一二以至十余围不等……女子银花饰首，耳垂大环，项戴银圈，以多者为富……”

贵州是我国苗族聚居人口最多的省份，其中又以黔东南苗族侗族自治州的苗人数量为最多。台北辅仁大学的研究表明，“在银饰的使用上，黔东南最为厚重”，凯里等地区银饰种类纷杂，“盛装银饰甚至高达五十余种”。

坐拥大量白银，却不热心于用其购置房产、买卖物品等，而是将其做成饰品穿戴在身上，苗人到底是怎么想的？一方面，对苗人来说，白银承担了货币的职能，将其穿戴在身上是财富的彰显和富贵的象征。清同治年间徐家干所著《苗疆见闻录》记载：“喜饰银器……其项圈之重，或竟多至百两。炫富争妍，自成风气。”节日里，穿戴全套银饰盛装的姑娘往往能站到最前面。另一方面，崇尚“万物有灵”的苗人认为，银能充当交换媒介的货币同时具备与神灵沟通的能力，是“通灵”之物，将其穿戴于身能驱邪避害，得到庇佑。

白银货币的银饰化，一定程度上也受苗族家庭财产继承制度的影响。依照传统，苗族男子能继承房屋、田产，而对于没有财产继承权的女子，家人就用白银做成饰品送给她们做嫁妆。

可以说，苗人的历史，苗人的乡俗文化，全在银饰中。

## 盛饰的背后，是一套通行的逻辑

“无银无花，不成姑娘；有衣无银，不成盛装。”在黔东南，苗寨里的姑娘一身银饰盛装，饰品可达半人高，部件多可达数百个，重逾二三十斤。

苗人的银饰，首先讲究以大为美。比如，全身最夺目的银饰是头上戴的大银角，水牛角造型蕴含了水牛在苗族社会生活中的重要地位。货币出现以前，苗人以耕地的水牛作为以物易物的媒介。同时，水牛还是一种神圣的存在，在重要的祭祀活动中，往往要屠牛来敬拜祖先。大角作为水牛的典型特征，便被苗人运用到银饰的各种造型和纹样中。

苗族的民族历史、宗教信仰也被外化成图案和造型，并通过穿戴在身上的饰品展示出来。与苗族古歌里的蝴蝶妈妈传说相关的人与物，如龙、蝴蝶、枫叶等，也成为银饰造型的重要素材。

↑
苗族服饰

以重为美，是苗人银饰的另一特征。黔东南苗族女子自幼穿耳后，便用渐次加粗的圆棍扩大穿孔，以确保能戴上当地流行的圆轮形耳环，利用耳环的重量拉长耳垂。有些女人因耳环过重，耳垂被拉豁。当地耳环单只最重达四两。篓花银排圈也讲究越重越好，重者逾八斤。

苗人银饰，以盛为美。在黔东南的台江施洞地区，苗女的一套盛装，根据不同佩戴部位，可分为六大类十一个小项，主要包括：头饰（银角、头围、钗、簪等）、颈胸饰（项圈、压领）、肢饰（手镯、戒指）、耳饰（耳环）、衣饰（衣片）、腰坠饰（银腰吊饰）。

黔东南清水江流域的银衣，组合部件有数百之多，重叠繁复。银衣片分为主片和配片，主片用来装饰衣摆、衣背等主要部分，压花纹饰图案精美，内容丰富多彩，主要有龙、凤、虎、狮、仙鹤、锦鸡、植物、罗汉等形象，以及仙女下凡、八仙过海等神话故事场景。

盛饰的背后，是一套通行的逻辑：盛饰的佩戴——富裕的生活——辛勤的劳动——优秀的品格。家庭、族群的财富与品格绑定在一起，通过盛饰得以体现。

随着与外界交流的增多，苗族银饰也不断吸收外来文化，呈现出融汇性的时代特征。比如黔东南的龙形银项圈，龙沿项圈的形制延伸，中心则为二龙所戏的宝珠。苗族文化中的龙和汉族文化中的龙是有区别的，苗人银饰中有双头龙、牛龙、鱼龙、鸟龙、蛇龙、鸡头龙、蚯蚓龙等，龙与其他花样、动物搭配十分常见，是具有寻常性的龙。而由于受到汉文化的影响，苗人银饰纹样也吸收了许多汉文化元素，如二龙戏珠、狮子滚绣球等。同时，银饰品与现代设计的结合也越来越普遍，银饰的种类和样式除了体现苗族本族文化特色，也融合了现代审美需求，日益丰富。

正是在这样的氛围中，李写永成长为当地知名的银匠。

## 从心到手的祝福

从父辈那儿，李写永学得一手银饰好技艺。

苗族银饰的加工，全是以家庭作坊内的手工完成。根据需要，银匠先把熔炼过的白银制成薄片、银条或银丝，利用锤錾、錾刻、镌镂等工艺，制出精美纹样，再焊接或编织成型。一件银饰，有时需经二三十道工序才能完成。

除了在锤錾劳作上是行家里手，银饰造型本身对银匠的技术要求更高，非个中高手很难完成。苗族银饰在设计上追求华丽，但在造型上又有其稳定性，银饰形制往往是一个支系的重要标志，一经祖先确定，就不能随意改动。苗族银匠既要善于从妇女的刺绣及蜡染等与苗族历史文化密切联系的传统纹样中汲取创作灵感，还需根据本支系的传统习惯、审美情趣，对细节或局部的刻画推陈出新，使银饰日臻完美。

对于银饰，苗族女性爱其洁白，珍其无瑕。因此，苗族银匠除了加工银饰，还要负责给银饰除污去垢，俗称“洗银”。他们给银饰涂上硼砂水，用木炭火烧去附着于银饰上的氧化层，然后放进紫铜锅里的明矾水中烧煮，经清水洗净，再用铜刷清理，银饰即光亮如新。

纯手工的银饰品，制作繁复，生产周期长，再加上手工打造的物件本身还融入了创作者本身的想法和情感，它的价值自然不言而喻。随着经济的发展，旅游业、文化产业的兴盛，来买苗银的外地人越来越多。许多苗族银匠开始调整自己的制银技艺，适当将传统纹样简单化、现代化，以满足顾客的多元需求。

从心到手的祝福

“现在我们这一代人会做银饰的比较多，但是现在市场需求量也大，所以我们全家，还有亲戚，一起学，一起来做。”李写永说着话，手里的活儿并没停。

这些年，李家的手工银饰越来越受到大家的欢迎，随着市场的拓展，和李写永一起制作银饰的队伍也越来越壮大了。

旧时，苗族银匠的手艺有传男不传女的规矩，而现在，随着社会的进步、观念的更新，不少苗族女性也成了手工制作银器的匠人。经由她们之手制作出来的银器，与男匠人的作品相比，更具有女性特征，更显柔美。

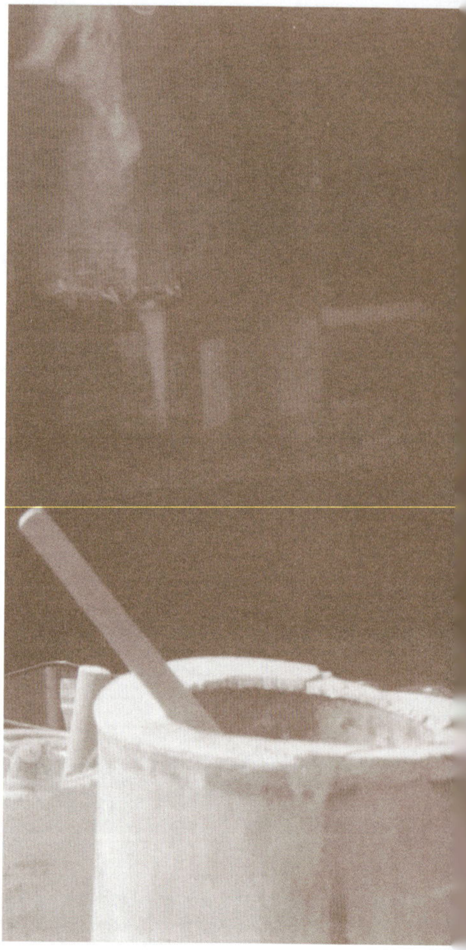

李写永的妻子就是一个制作银饰品的能手。她的作品有自己的风格，细腻而又婉转，就像创作者本身给人的感觉一样。这些年，出自她手的银饰品不在少数，大获好评。虽然一开始也受传统思想的束缚，但天性开朗的她很快就放开并上手了。“我刚嫁过来的时候，对制作银饰没有什么概念，后来慢慢跟着大伯学，做到现在也差不多十五年了。以前老人家说传男不传女，现在那种传统的思想放开了，也就不管了。”

夫妻俩最近接了一个大单：有人预订了一批银饰，说要以很好的价格出口到泰国。辛苦赶工一个月后，银饰的制作基本完成，夫妻俩开始检验这些成品。尽管这里的每一个银饰都由他们精雕细琢而成，他们还是小心翼翼地把它们铺在桌上，挨个仔细检查是否存有瑕疵。他们感觉到了压力，因为银饰出口以后，它们将代表中国手工艺的制作水准。

十几年来，夫妻俩在生活和工作上相互扶持。他们的感情，如同他们打造的银饰一般，静默无语，完美嵌合。经由他们制作的银饰，也像是受到了夫妻二人从心到手的祝福，并把这份祝福传递给佩戴的人。

↑

打破制银手艺传男不传女的规矩

## 女儿身上的盛装和希望

下了几天连绵的细雨，李写永的订单变少了，之前订货的人迟迟没有来拿货，妻子有些焦急。李写永神情淡定，耐心完成了最后一道工序。至少现阶段，他不担心订单的问题。

李写永的底气，拜现代社会商业的开放性、便捷性所赐。在这一点上，他比自己的祖辈幸运。

“我希望以后我的女儿，我的孩子，可以继承我的手艺。苗家的制银手艺不能失传，这是我最大的心愿。”在李写永心中，他的家族血脉，已经和苗银制作紧密融合在一起。他的手艺从父辈手中传来，他也希望这门手艺，能够从自己手中传递给下一代。

节日的序幕，缓缓拉开了。“六月六”是苗族人纪念神明药王的传统节日。苗寨各家都会在姑娘身上装扮出自家最得意的银饰来迎接节庆，李写永家也不例外。一大早，李写永的妻子就为青春年少的女儿穿上了佩戴有各种银饰的盛装。

女儿的银饰由李写永一手打造，这也是夫妻俩为女儿准备好的嫁妆。在苗族家庭中，有父母为女儿准备银饰做嫁妆的习俗，通常在孩子的童年时期就已经准备好。这是李写永第一次看到女儿穿上他打造的这一身盛装，他心中有种说不出的感觉。看着女儿一天天长大，他的眼角不禁有些湿润。

女儿加入了芦笙舞的队伍，这极具苗族特色、苗人最喜爱的一种传统舞蹈。女人们身着盛装，两膝轻微屈伸并踏着节奏向前移动，舞姿热情活泼，身上的银饰相互碰撞，索索作响。繁复沉重的银饰里，凝聚了一个民族千百年来虔诚、善良、勤劳和智慧的精神，同时也见证了李写永这样的传统银匠，那一颗纯朴真挚的匠心。

←

女儿的银饰由李写永一手打造

木雕是耐心活儿、细心活儿，看一个匠人的手艺如何，只要观察一下他的工具就知道了。

第三章

# 精致的匠心

# 印记 10

## 如何在石头上留下生命的记号

受访人

石雕匠覃业顺



有温度的手艺→

在占地一百八十亩的贵州独山净心谷景区广场中央，一块巨型石头前，一些石雕匠一手持錾子，一手举手锤，专心致志地雕琢。锤打錾子声，錾子凿石声，响成一片，如一首奏鸣曲。石雕匠们正在雕琢的是净心谷的进谷第一景——德胜石碑。

负责德胜石碑设计和建造的，是来自湖南浏阳的石雕匠覃业顺。在这个行当里，覃兴顺已经走过了二十个年头。“我从十四岁就开始学这个雕刻手艺了。我们的手艺是祖传的，我父亲、我爷爷都是石匠。”

又是一个家族传承的故事。故事里，同样蕴含了中国人的美学态度和生活哲学。

## 用心创造，心手合一

小时候，覃业顺常和自己的爷爷相处。有一次，爷爷从水塘边拿回一块石头，先用毛笔勾勒图案，再用工具简单凿磨，凿出了一只生动活泼的猴子。孩子眼里放光，拍掌叫好。

爷爷凿的石猴，在童年覃业顺心中埋下了一颗工匠的种子。长大一些，他就开始跟长辈学手艺。

“我们那时候的习惯，学艺一定要拜师，跟着师傅到外面学三年。不管走到哪里，要帮师傅背背囊，挑行李、工具，学了三年以后，你就可以到外面做事，就出师了。”因为祖父和父亲都是石匠，覃业顺没有出门拜师。不过，当年学手艺时的点点滴滴，他历历在目。他说，学这行必须守这行的规矩，最重要的一点是要尊师重道。

在覃业顺看来，这一行的道，博大精深，也许一个匠人终其一生，不过领悟一二。

道法自然。对石雕这个行当来说，尤为如此。

石雕的历史，可以追溯至人类艺术的起源。可以说，迄今人类包罗万象的艺术形式中，没有哪一种比石雕更古老。

旧石器时代，一方面，我们的祖先通过对石、木、骨、贝等材料的加工，培养了雕的技能；另一方面，他们又通过对泥土的改造，成就了塑的技巧。那些经过钻孔、刮削、刻纹、磨光、规形的石器、木器和针器，成为石雕和雕塑的原始雏形。到了新石器时代，各种石雕造型初露端倪。当时的石制品，如生产工具和武器，都具有能够引起人们视觉美感的点、线和轮廓，构成了前所未见的几何艺术语言系统。

不以规矩，无以成方圆，这是古人对形式美感最本质的观察和体验。中国早期的象形文字，都是一些由方圆线条结合点、画构成的精巧图形，与原始石雕的几何造型同出一源。

当时，尽管铁质凿刻工具尚未发明，但古代先民已能在石雕中用最概括的点、线表现出器物的优美。他们懂得，最美的形式，同时也是最为便利实用的器型。

商代，社会中盛行万物有灵的原始宗教观，动物也是受人崇拜的神灵，因此石雕匠人尤其善于表现形形色色的动物世界。大型的动物石雕多见于商都殷（今河南安阳）。比如出土的一种石鸭，造型粗重，周身有线刻纹饰，是一种不拘泥原形的再创造。

汉代，由于厚葬盛行，陵墓石雕发达，朴实生动，很有气势，颇具阳刚之美，很有生命力，体现了汉代积极进取、大有作为的时代精神。陕西兴平茂陵霍去病墓前的大石雕，简朴深厚，气势磅礴，是中国古代纪念性雕刻的典范。

唐代雕塑是中国雕塑史的高峰，主要分为陵墓石雕和佛教石雕两大类。佛教石雕以石窟造像为主，雄伟壮观，丰满圆润，体现了大唐风格。陵墓石雕，主要分布于陵前的神道两侧，高大的石人、石马相对呼应，气势宏伟。

明清两代，宫苑、陵邑的规模都十分宏大，附丽其中的建筑石雕艺术也取得了不少创新的成就。天安门的华表，故宫主殿的台基、阶梯、栏杆、走道、中庭、石桥，天坛主体建筑之下的基座、白石圆坛、石构件，皆为各种石雕艺术形式的有机组合。

深厚的历史积淀中，一代代传承下来的石雕技艺蔚为大观。

石雕讲究造型逼真，纹式流畅洒脱，手法圆润细腻。它的传统技艺始于汉，成熟于魏晋，在唐朝流行开来。

传统的雕件表面造型方式发展至今，可以分为浮雕、圆雕、沉雕、影雕、镂雕、透雕。

浮雕，即在石料表面雕刻有立体感的图像，是半立体形的雕刻品，因图像浮凸于石面而称“浮雕”。根据石面脱石深浅程度的不同，又分为浅浮雕及高浮雕。浅浮雕是单层次雕像，内容较单一，没有镂空。高浮雕是多层次雕像，内容较繁复，多采取透雕手法镂空，引人入胜。浮雕多用于建筑物的墙壁装饰，还有寺庙的龙柱、抱鼓等。

圆雕，即立体雕，石料每个面都要进行加工，工艺以镂空技法和精细见长。此类雕件种类很多，多数以单一石块雕塑，也有由多块石料组合而成的。

沉雕，又称“线雕”，即采用“水磨沉花”雕法，吸收中国画意以及重叠、线条造型、散点透视等传统笔法，石料经平面加工抛光后，描摹图案文字，再依图刻上线条，以线条粗细深浅程度，利用阴影体现立体感。多用于建筑物的外壁表面装饰，艺术性较高。

影雕，采用墨玉、山西黑等纯色石材，经过水磨抛光后，在磨光面上把要雕琢的图像轮廓描绘出来，根据黑白明暗成像原理，用特制的针一样细小的合金钢头工具，通过运用腕力调节针点疏密、粗细、深浅和虚线变化而表现图像。影雕作品细腻逼真，独具神韵，是石雕向纯艺术化的发展。

镂雕，即把石材中没有表现物像的部分掏空，把能表现物像的部分留下来。这是圆雕中发展出来的技法，多用于表现物像立体空间层次的寿山石雕刻。古代石匠常常雕刻口含石滚珠的龙，由于龙珠剥离于原石材，比龙口要大，在龙嘴中滚动而不滑出，雕它就要用镂雕。

透雕，是在浮雕作品中，保留凸出的物像部分，而将背面部分进行局部镂空。透雕的背面多以插屏的形式来表现，有单面透雕和双面透雕之分。单面透雕只刻正面，双面透雕则将正、背两面的物像都刻出来。透雕是浮雕技法的延伸。

如今，尽管石雕制品种类繁多，但其加工工序大致相同：石料选择、模型制作、坯料成型、制品成型、局部雕刻、抛光、清洗、制品组装验收和包装。而加工这些石雕制品，传统的手工技法有四种：捏、镂、剔、雕。

捏，就是打坯样，也是创作设计过程。有的雕件打坯前先画草图，有的先捏泥坯或石膏模型。

镂，就是根据线条图形先挖掉内部无用的石料。

剔，又称“摘”，就是按图形剔去外部多余的石料。

雕，就是最后进行仔细雕琢，使雕件成型。

石雕在漫长的发展历程中，逐渐产生了带有浓厚地域特色的派别分支，主要分为南、北两派。北派石雕，古朴浑厚，线条刚直简洁，造型凝重端庄；南派石雕，精雕细刻，纤巧灵动。

南方人覃业顺，学的自然是南派石雕。当初跟上辈学手艺的时候，他没少吃苦，更没少花心思。在他看来，手艺纯熟之后，不同流派，各种技法，万变不离其宗——用心创造，心手合一。

## 石头上的各种记号

从出师到现在，覃业顺做过的石雕活计已经不计其数，不过这一次，他比往常多了一分谨慎。因为德胜石碑会作为净心谷的地标安置在最显眼的位置，他不敢有一点掉以轻心。

德胜石碑主要的材料为一块汉白玉，重二十余吨，是从河北运来的。

德胜石碑采用了中国古代石碑常见的“上有螭首，下有龟趺”的造型。螭，龙生九子之一，属于一种没有角的龙，古建筑或器物、工艺品上常用它的形状作装饰。螭嘴大肚大，在古建筑中多用于排水口的装饰，称为“螭首散水”。龟趺又名“赑屃”，亦为龙生九子之一，相传喜欢负重，常作为石碑的底座造型。这两种古代传说中的动物，都有吉祥、长寿的寓意，所谓“螭首龟趺，德辉是纪”。

依据石头形状画形，是整个雕琢工序的关键。覃业顺在石头上画样时留下许多雕和凿的记号，匠友们对这些记号都心领神会。他们在施工时按照标记把轮廓线外多余的部分凿去，呈现出石雕的基本外形。这个过程，行话称为“减荒打糙”。

施工现场，弥漫的粉尘中，戴着口罩的石雕匠们脸上汗水直淌。石雕劳动强度大，很多工匠平均三天就会磨破一副手套。

工作中的覃业顺

↓

而制作一座螭首龟趺石碑，大约需要三个月的时间。

覃业顺几乎每天都上场。雕刻不能只是像，还要有神韵，特别是南派石雕，讲究的就是灵动、活泼。要把静止的石雕刻出动感来，需要随时画线，不断进行调整。这些功夫，覃业顺跟随上一辈人磨炼了二十年。

“干我们这行，功夫就是磨出来的。”覃业顺说，石雕是一门技术活儿，在一座石雕真正形成之前，一切都是未知的，多一锤子少一锤子都要拿捏得十分精准，所以想要成为一个优秀的石雕匠，至少需要十年二十年的磨炼。

## 眼里的光

大型石雕工作，没日没夜地和锤子、錾子、电磨机打交道，雕刻过程中会产生大量的粉尘，工匠们必须在各种口罩、面罩、眼罩的保护下才能正常工作。可是，就算每次干活儿都装备齐全，但长期进行石雕作业，还是无法避免感染呼吸道疾病的风险。覃业顺的父亲，就因为患上职业病，提前退休养老。

跟匠友们在一起，也让覃业顺有一种归宿感。

下工的时刻，全身上下的粉尘已经让所有人面目全非，大家相视一笑，抹了抹脸。一天的疲惫，在和匠友的说笑间逐渐消退。

吃过简单的晚餐，石雕匠们三五成群地坐在一起喝茶聊天。有的人趁这个时候找个安静的角落，给久未见面的家人、朋友打个电话，聊聊家常。这些身怀绝技的匠人游走他乡，思乡之情在闲暇时来得最真切。拿起手机这一刻，他们离家最近。对于这群平均年龄四十岁左右的匠人而言，家，永远是他们难以割舍的牵挂。

家，永远是游子心中最大的念想。“家大业大”“家和万事兴”，中国人的生活哲学，围绕“家”展开。对匠人们来说，干活儿是为了家，而家又成为他们活着的支撑和证明。

三个月以后，德胜石碑成型了。屹立于净心谷广场中央的螭首与龟趺，引来无数游客驻足观望。虽然它们是古人想象出来的瑞兽，在现实中无法追寻，可通过一代又一代工匠的手，它们的形象，连同传统文化一起，扎根到千千万万华夏儿女的心中。

远远看着德胜石碑及其围观者的覃业顺，又像小时候看到爷爷凿出石猴时一样，眼里放光。

而年近五旬的覃业顺，还要继续干下去。他正处于事业的巅峰时期，技艺精湛，在团队中有着不可替代的地位。和所有热爱自己职业的匠人一样，尽管需要面对很多的阻碍和困难，覃业顺依然享受每一次创造作品的过程。每一次依据石头的不同形状，赋予其鲜活生命力，都能给他带来深深的成就感。

←

与工友们在一起的“归宿感”

匠心

11

# 有了文化，石头就活了

受访人

石雕匠李江

牌坊

净心谷景区的另一边，来自河北曲阳的石雕匠李江，正带领他的十几个徒弟建造净心谷石牌坊。

牌坊，俗称“牌楼”，是作为地域文化标志的门洞式纪念性建筑物，历朝统治者用以表彰宦绩政声，或旌表孝子义士、节妇烈女。牌坊有“一间二柱”“三间四柱”“五间六柱”等形式，顶上的楼数，则有一楼、三楼、五楼、七楼、九楼等。牌坊的用材，有石，有木，有琉璃，其中以石牌坊居多。它们一般精美壮观，雕刻生动，经数百年风吹雨淋，屹立不倒。

有那么多留存下来的古老石牌坊做比较，要把新的石牌坊做出特色，并不容易。李江却很有底气。

“我们那儿是著名的石雕之乡，做的是皇家建筑，所以我们的风格都比较大气。现在做的这座九门牌楼，总高 24 米，总宽 47.9 米，目前在咱们国家来说，应该算最大的牌楼了。”

作为曲阳石雕匠人，李江的自豪感溢于言表。

## “不能砸牌子”

中国传统石雕艺术，有南北两派之说。南派石雕以福建惠安、浙江青田为代表，有纤巧灵动的特征，主要体现在宫观寺庙的机关细节上。北派石雕以河北曲阳、山东嘉祥为代表，有古朴浑厚的特征，主要体现在皇家园林的气派排场上。两派石雕，代表了南北两方的地域、人文特色，虽然各有不同的艺术表现形式，但殊途同归，都是中华宝贵传统文化的一部分。

李江团队所传承的，就是北派石雕中的曲阳石雕。

曲阳，因位于北岳恒山之阳而得名。曲阳西接巍巍太行山脉，东连广袤的华北大平原，是个物华天宝的好地方。

曲阳县城以南十公里处有座黄山，盛产白色大理石，石质洁白莹润、纯净细腻，既易受刀，又耐风化，是绝佳的雕刻用材。曲阳人充分利用了这一天赐之物，以之建造房屋、营构陵墓、树碑架桥、雕刻俑像。据《曲阳县志》记载：“黄山自古出白石，可为碑志诸物，故环山诸村多石工。”

早在两千多年前的西汉初期，在曲阳就已有了石雕艺术。西汉中山靖王刘胜墓中出土的五件汉白玉石俑，是目前发现的最早的曲阳石雕。这些石俑均呈跪坐姿态，双手垂拢于腹前，气韵生动，朴实自然，充分体现了汉代石雕依石拟型、古拙质朴的特点。

北魏晚期，曲阳人开始用汉白玉大理石雕刻佛像，普遍运用圆雕、镂雕、高浮雕、巨雕、描金彩绘等技法，雕工精细，装饰华丽，玲珑剔透。

隋代，曲阳人已经能够雕刻巨型佛像了，大英博物馆中就收藏有出自曲阳县韩崔村崇光寺的一尊高 5.78 米的隋代阿弥陀佛大像。

唐代是曲阳佛像石雕艺术发展的最高峰，作品丰满圆润，大气磅礴。

元、明、清三代定都北京七百余年，曲阳石雕迎来了广阔的发展空间。元代时，曲阳石雕已享有盛名，涌现出一批杰出的民间石雕匠人。元世祖忽必烈兴建大都（北京），召集各地能工巧匠。曲阳石雕匠人杨琼因雕技精湛，被任命为总管。据记载，天安门前的金水桥，就是由杨琼设计监造的。

明清时期，有大批曲阳石雕匠人参与北京的建设，石雕工艺更加精巧。

曲阳石雕工艺历两千年而不中断，至近现代更是推陈出新，大放异彩。1915 年，曲阳人雕刻的《仙鹤》《千枝梅》等作品在巴拿马太平洋国际艺术博览会上荣获石雕行业最高奖项——银奖，以至“天下咸称曲阳石雕”。1926 年至 1931 年，曲阳人杨春元任总工程师，带领两百余名曲阳工匠，建成了被誉为“中国最美牌楼”的五台山龙泉寺汉白玉石牌楼。后来，天安门广场人民英雄纪念碑基座部分的八组十幅汉白玉浮雕、广州市越秀山上那座高达十一米的著名雕塑“五羊”，都出自曲阳石雕匠之人手。

两千余年来，从云冈石窟、乐山大佛、敦煌石窟、五台山佛像、阿房宫、故宫、圆明园、颐和园，到人民大会堂、毛主席纪念堂等建筑，处处都留下了曲阳人的石雕艺术。作为汉白玉大理石雕刻的代表，曲阳石雕构思精巧，造型美观，纹饰清晰剔透、生动逼真，刀工精湛细腻、圆润光滑，独特的艺术风格一直为人称道。

“上到九十九，下至刚会走，要说打雕刻，人人有一手。”这是曲阳人骄傲的戏称。如今，曲阳共有各类雕刻企业两千余家，从业人员近十万人，素有名望的工艺美术师就有数百人之多，产品远销八十多个国家和地区，是名副其实的“中国雕刻之乡”。

曲阳石雕的美名，在叮叮当当的锤钎声中传扬。

曲阳石雕的美名，绝不能、绝不会坏在自己手里，这是李江的信念。他的团队建造的石牌坊，将立在净心谷景区大门前。他要让曲阳石雕的魅力在这里呈现。

“不能给家乡丢脸”“不能砸牌子”，这简单的话，正是工匠精神的一种形象表达。千百年来，一代代匠人正是凭着这样的信念，将故土情怀和荣誉感融入匠心，打造出精美绝伦的作品。

←

不能砸牌子，工匠精神的另一种表达

## 有了文化，石头就活了

家在曲阳，李江从小就与石头结缘。由于家里地少人多，他十九岁就随师傅进山，认石头，摸清石头纹路，打条石，打下了扎实的基本功。

李江自幼喜欢写写画画，看到感兴趣的石碑、花板的图案，就把它们临摹下来。他绘画悟性较高，又非常勤奋，通过几年的自学，即便没有专业画师指导，他也逐渐掌握了一些石碑设计和图案绘制的技法。

净心谷九门牌楼雕刻的花纹，李江选择了古建筑上常见的动植物造型，如龙、凤、松、鹤、龟、麒麟、荷花、牡丹等，寄寓长寿、幸福、健康、吉祥、如意等美好的祝福。而在整体设计中，融入了儒、释、道三家的文化符号。“咱们在牌楼的柱子上雕了道家的八仙；在一些匾的浮雕上有童子拜观音这些体现佛家文化的吉祥图案；体现儒家的地方有很多，比如在主门的大梁上刻有‘二十四孝’图，还有儒家提倡的‘仁义礼智信、忠孝廉耻勇’，这些字也刻在上面。”李江介绍说。

石雕作品是文化的载体。九门牌楼上不同文化的展示，三教合一的思想，表现出中国文化的博大精深与彼此包容。

有了文化，石头就活了。

石本无言，是匠人给它们赋予了语言，赋予了韵味。

石本无意，是匠人给它们营造了意境，丰富了内涵。

石本无魂，是匠人给它们缔造了生命，并注入灵魂。

石雕，不仅是一种精雕细刻的传统技艺，更是依托于工匠精神的传统文化的灿烂绽放。

←

为石头注入灵魂

## 传统工艺背后的美学态度

净心谷的石碑坊，石材是五莲红，专程从山东运来。

五莲红是花岗岩的一种，结构致密，质地坚硬，耐酸碱、耐气候性好，可以在室外长期使用。花色主要以红色为主，白点和黑点镶嵌其中，色泽美观。

运输石材途中遇到的问题，一度让李江觉得棘手。“咱们从山东拉石材，遇到了好多困难，成本也增加了。以前一车可以拉四十多吨，现在只能拉三十多吨了。用车拉石材，大件还容易拉一些，有一些小件，路上怕磕碰损坏。”

石材又沉又远，需要克服的困难远不止运输问题。“我们施工全部是在矿山上，已经生产了六七个月，现在是夏季，矿山上特别热，连一棵树都没有。不过，这都没啥。”李江的语气有些轻描淡写，仿佛已经习惯了应对各种困难。

相较于各种困难，李江想得更多的还是如何运用各种传统和现代工艺把石牌坊建得更美。曲阳石雕的传统工艺，既善于利用刨荒、刨光、开脸等特技，又善于目测定型，采用“上细”工艺，达到“线要直、面要平、弯要活”的标准。而现代工艺是在传统工艺基础上，依靠电动工具等科技力量，运用圆雕、浮雕、线雕技法，将解剖学、美学融为一体，所雕作品既有高贵华美的传统特点，又有新颖明快的时代精神。

传统工艺和现代工艺的融合，工艺背后的美学态度，最见匠人功力，匠心境界。从图纸上的绘画到石材上的墨线，从机械切割的粗加工到精心雕琢，再到最终的打磨成型，打造一座精美的石牌坊并不容易，需要匠人付出极大的心血，每一个方面、每一处细节都必须考虑周全，才能表现出艺术的美感。

石牌坊的整体设计中，字板的制作、斗拱和顶楼的设计是重头戏，没有丰富经验的人不敢轻易尝试。

牌坊的总设计师“湘西鬼才”李宏进，寻访了全国各地的石匠，在河北曲阳遇上了李江，两人一拍即合，一个怀揣大匠梦想，一个具备深厚的工匠造诣，天南地北的结合，使石牌坊的施工得以顺利进行。

施工现场，李江指挥吊车进行牌坊的组装：“你看这边还少一点，这是大面，你看那个大面是这样的；你再看这个大面，两个柱子拉上线就看出来了……”组装过程要特别小心，要保证底座坚实，立柱牢固，还要保证额枋结构合理，考验的是吊车和组装工人的默契。

几个小时之后，牌坊组装工作顺利完成，李江露出如释重负的微笑。

这座气派精美的石牌坊，成为净心谷景区的标志性建筑之一。李江的心愿实现了——曲阳石雕的美名，闪耀在仰望石牌坊的人们的目光中。

# 耐心 12

## 每块木头，都有生命的灵性

受访人

根雕师田开建

贵州独山净心谷景区的建设工地上，木雕匠人田开建和儿子正在合力创作一件根雕作品，成型后，它将成为翰林府大门的柱头。

田开建高中学历，在木匠队伍里算得上是少有的文化人，匠友们都称他“秀才木匠”。当年，他高中毕业后连考了二年大学，都没有考上。二十岁那年，他走上了拜师学艺的道路。

一路走来，如今的田开建，分外享受将手中木头雕成想象中样子的过程。发现一块好木料，他就会激动不已。在他眼里，每块木头，都有生命的灵性。

## 木中春秋

作为“秀才木匠”，田开建研究过木雕的历史，越研究越觉得这门艺术有价值。

木雕起源于新石器时期，距今七千多年的浙江余姚河姆渡文化，已出现木雕鱼。与其他雕塑一样，我们的祖先雕刻木头，一开始只是一种不自觉的行为，直到人们有了审美，木雕才真正成为一门艺术。

河南信阳战国大墓出土的木雕镇墓兽，湖北云梦汉墓出土的彩雕木俑，均为中国的早期木雕作品。

秦汉时期，随着绘画、雕刻技术的提升，木雕工艺趋于成熟，出现了施彩木雕。

唐代是中国工艺技术大放光彩的时期，木雕工艺也日趋完美。许多保存至今的木雕佛像，是中国古代艺术品中的杰作，具有造型凝练、刀法熟练流畅、线条清晰明快的工艺特点。

宋代的木雕，已采用组织细密的木材为载体进行制作，有利于作品的传世。一些庙宇至今还保存有当时的木雕作品。

明清时期是古代木雕艺术的一个高峰，涌现出许多名家，作品题材多为生活风俗、神话故事，诸如吉庆有余、五谷丰登、龙凤呈祥、平安如意、松鹤延年等。值得一提的是，明清花板、窗花等木雕挂件，在简单中求丰富、统一中求变化，是建筑中传统文化精神的集中表现。

木雕艺术在中国分布极广，此衰彼兴。各地由于民俗、文化和资源条件各异，取材不一，工艺不同，形成了诸多具有浓郁地方特色、各有千秋的流派。其中，最出色的是“中国四大木雕”——东阳木雕、乐清黄杨木雕、广东潮州金漆木雕、福建龙眼木雕。

浙江东阳素以“雕花之乡”著称。当地盛产适于雕刻的木材，如樟木。东阳木雕自唐至今已有千余年历史，是以平面浮雕为主的雕刻艺术，其多层次浮雕、散点透视构图、保留平面的装饰，形成了鲜明的特色。其因色泽清淡，保留原木天然纹理色泽，格调高雅，又称“白木雕”（示以木材的天然色泽，不同于彩绘）。由于精细打磨，作品更显得圆滑细腻，精美光润。

乐清黄杨木雕，是以黄杨木为材料的一种圆雕艺术。黄杨木生长缓慢，有“千年难长黄杨木”一说，质地坚韧光洁，纹理细密，色黄如象牙，年久色渐深，古朴美观，硬度适中，是小型圆雕的最佳材料。乐清黄杨木雕作品以精细见长，受清末文人画的造型风格和线条影响，刀法纯朴圆润，细密流畅，刻画人物形神兼备，结构虚实相间，极具诗情画意。题材大多表现民间神话传说中的人物，如八仙、寿星、关公、弥勒佛、观音等。

广东潮州金漆木雕，最显著的特征是作品经精雕细琢后贴上纯金箔，熠熠生辉，光彩夺目。木雕贴金之后，再配以金漆画、金漆字，文化内涵更为丰富，形成细腻、精致、纤巧、瑰丽的艺术效果，可谓集匠心于一体，赋玲珑于全身。用金漆木雕来装饰房屋和庙宇的栋梁、屋椽、门楣以及家具等，显得金碧辉煌，给人以富丽庄严之感。

福建龙眼木雕，因其用材是福建盛产的龙眼木而得名。龙眼木材质坚实，木纹细密，色泽柔和，老树干特别是根部，虬根疤节，姿态万状，是木雕的好材料。龙眼木雕造型生动稳重，布局合理，结构优美，刀法上既有粗犷有力的斧劈刀凿感，又有浑圆细腻娴熟的刻画。人物形神兼备，衣纹流畅，富有不同的质感。作品色泽古朴稳重，具古董之美。

各地的木雕，在用材上一般选用质地细密坚韧、不易变形的树种，如楠木、紫檀、柏木、银杏、沉香、红木等。

整体而言，木雕作品可以分为工艺木雕和艺术木雕两大类，其中工艺木雕又可以分为观赏性木雕和实用性木雕。艺术木雕更多是创作者思想的体现，创作方法或写实，或夸张，或抽象，利用木材的特性，挖掘美，塑造美。

根据材质和雕刻方式的不同，木雕又可以分为圆雕、浮雕和根雕三种。

作为最常见的木雕种类，圆雕又称“立体雕”，是观赏者可以从不同角度看到物体各个侧面的雕塑。它要求雕刻者从前、后、左、右、上、中、下全方位进行雕刻。

浮雕，是依附于另一平面的半立体雕塑。这种雕塑因为浮在另一平面之上，因此只能欣赏一面或者两面，多用于环境的装饰。

根雕，是利用树身、树瘤、竹根等部分在内的树根的自生形态和畸变形态，随意艺术构思、加工与处理，从而创作出独具自然美感的雕塑作品。创作根雕作品，不仅需要灵活的技巧，还要有丰富想象力，懂得以形拟物。

木雕的传统工艺，一般包括以下步骤：先画创意稿，再用墨线勾画放大到木材上；凿粗坯；掘细坯；修光；打磨；刻毛发、饰纹；着色上光；配置底座。

工欲善其事，必先利其器。对木雕匠人来说，一套好的雕刻刀及辅助工具，就如自己的理想伴侣。雕刻刀包括各种大小的圆刀、平刀、斜刀、玉婉刀、中钢刀、三角刀等，辅助工具则包括锤、木锉、斧子、锯子等。

闲下来的时候，田开建总要取出他的一把把雕刻刀，细细地磨，磨快，拭亮。他说，木雕是耐心活儿、细心活儿，看一个匠人的手艺如何，只要观察一下他的工具就知道了。

## “手动心也动，这就是绝技”

木雕匠人又被称为“细木匠”，因为雕刻装饰是一项非常细致的活儿。古时有“一两木屑一两金”的说法，意思是支付木雕师傅的工钱，可以用雕刻下来的木屑计算，一两木屑可以换一两黄金。

“一两木屑一两金”

↓

许多木雕匠人当初进入这个行当，主要是为了谋生，田开建也不例外。连续三次高考名落孙山之后，他虽有千般不舍，万般不甘，但为了供养弟弟妹妹，只能出外找活儿干。他跟着不同的施工队在全国各地打零工，直到后来慢慢走上木雕之路。

“学木雕主要还是为了生活，都是要做事的嘛，对吧。”忆及当年，田开建很是淡然。不过，他很快就笑了：“刚开始进工厂学的时候，老板说，你如果愿意学的话就留下，但是没有学会前是没有工资的。第一个月，老板看我学得快，还是给我发工资了，嘿嘿，那时候的工资只有三十多块钱。”

学木雕的条件非常苛刻。行里流行一句话：“三年学徒，四年半作。”也就是说，七年学下来，还只能算半个师傅。

虽然一开始没有多少收入，但田开建坚持了下来，并在这条路上一走就是三十年。他热爱这个行当。在日复一日的精雕细琢里，他不急不躁，心平气和，沉醉于自己的世界中。别人对他作品的一片赞美，多少抵消了一些他没考上大学的遗憾。

在长期的耳濡目染之下，田开建的儿子也自然而然地加入了木雕匠人的行列。

儿子小时候特别好动，自懂事起，就对父亲的活计很好奇，这看看，那动动。田开建为了磨炼儿子的性子，就给他几块木头，让他雕着玩，并没抱什么希望。没想到，儿子却鼓捣出了名堂，渐渐学会了握刀、磨刀、推刀等基本功。

田开建看儿子悟性不错，等他学会了用刀，就开始教他雕木头。

也许是天意，儿子，也没考上大学。田开建叹息一声，让儿子跟着自己专门从事木雕这一行。

儿子却摇头。“这么脏这么累的活儿”，年轻人不大愿意做。

做儿子的到底拗不过父亲，慢慢跟着做，慢慢习惯，渐渐爱上这一行。

经过多年的学习和实践，田开建的儿子木雕水平蒸蒸日上，成长为一名职业木雕师。“做木雕的时候，都会用心想，怎么做才好看，怎么做才生动，手在动，心一样也在动，这就是绝技。”做儿子的继承了父亲的心思细密。

如今，父子默契配合，一起干活儿，一起探讨技艺。他们为田开建的女儿赚够了上大学的费用。

田开建很欣慰，他没走进大学校园的遗憾，终于在女儿身上得以弥补。

“手在动，心一样也在动”

↓

## “一掌定乾坤”

经过田开建父子半年的努力，柱头雕好了，精美绝伦。2017 年 3 月 17 日，它被安放在净心谷翰林府的大门上，为整座大门增色不少。

离开净心谷前，田开建对着柱头默默注视了很久，就像即将与长大的孩子分别一般。

匠人走四方，为他人劳作。不过，总有那么一些时刻，他们干活儿，只为自己。田开建偶然寻到了一块好木料，激动地连连说：“真是可遇不可求，可遇不可求。”他琢磨着将它雕琢成一件别致的茶具：“它的形状就像手掌一样，我就叫它‘一掌定乾坤’，它里面要有山有水，水里的鱼虾啊，山上的动物啊，房子啊，还要把十二生肖包含在里面……”

这一刻，显露出“秀才”气的田开建，不仅仅是“秀才木匠”，更是生活家——古往今来的优秀匠人，莫不如此。

这真正个人化的“一掌定乾坤”，是一种灵性的发掘，无论是对一块好料，还是对自己。

好料不怕细琢。木头如此，人亦然。三次高考落榜又怎样？守一颗匠心，精于艺，爱生活，这样的生命，就是艺术。

# 精进 13

## 人技共进，现代工匠精神的代表

受访人

数字木雕师张凯

张凯

湘西吉首，三十多岁的木雕师张凯干活儿的方式与老一辈同行相比，有了很大的不同——他开发出一套数字雕刻技术，只需要用电脑系统操控机械，就能精准、稳健地完成雕刻工作。大到整体构图，小到每一个图案的细节纹理，都可以通过这套数字雕刻技术来实现。

技术的创新，使得木雕工艺的效率大大提高了。

张凯，是千千万万“人技共进”现代工匠的代表。

## 人技共进，人为主宰

“无他，惟手熟尔。”言及工匠技艺，人们喜欢用欧阳修名文《卖油翁》里的这句话来形容，或者提到庖丁解牛、佝偻承蜩等典故，但这只是传统手工匠的境界，现代工匠精神需要手工技艺与现代科技的有机融合。

石匠的切割机，铜匠的气焊枪，木匠的小型电动木工抛光机和电动手枪钻，都是传统手工融入现代机械技术的例子。放眼全球，小至瑞士手表，大至波音飞机，传统和现代相得益彰。在波音生产线上，大量工作主要由人工完成，因为机械流水线保证不了零件高精装配。当然，这只是手工技术和现代科技的初级整合。实现手工和现代科技有机融合，需要更高层次的科技突破。例如，苹果公司 iMac 支撑架、iPod 后盖的高精需求，原来只有日本小林研业的纯手工打磨能满足，但产量有限。苹果公司视频记录手工打磨全过程，精密分析手工操作精髓，将结果用于改进机械加工技术，成功实现了机械化量产。

现代工匠需要灵性、悟性，带着思想打磨，而不是简单的“惟手熟尔”。与时俱进的工匠精神，创意、创见、创新，是题中应有之义。“创”者，从仓从刀，敢于对既有知识仓库内的成果大刀阔斧改造。

在木雕行业，“创”尤其重要。近年来，人们的生活发生了极大的变化，传统木雕不再用来装饰现代建筑，精湛的手工技艺、巧妙的构思和丰富的内涵失去了赖以存在的环境，逐渐走向衰落。年轻人难以潜心于传统技艺，出现了匠人流失、从业者技艺不精的现象。传统木雕技艺，面临失传危机。

一些有识之士开始在继续传统技艺的基础上为这一古老行业

注入现代元素。一些美术院校开办了木雕专业的教学培训。虽然这样的学习代替不了民间木雕的创作设计理念，但艺术的共通性——绘画造型能力及其他艺术修养，可以学得更有系统性。师承制与美院教学相结合的传授方式，使一批新秀脱颖而出。

在创作设计理念上，新一代木雕匠人坚持古为今用、推陈出新的方针，打破条条框框，不管抽象、具象，还是象征性、实用性的工艺品，都可以创作，充分发挥想象力、积极性和创造理念。比如，2003年制作的杭州雷峰塔工程木雕部分，外观华丽而典雅，采用多层叠雕制作而成。多层叠雕，是在平面浮雕的基础上，综合运用平面浮雕、半圆雕、圆雕等多种雕刻技法，采用分单元（组、块）雕刻，逐层对接组装而成的一种创新技法，可以避免以前大型木雕作品的开裂和伸缩难题，又在同一个平面上形成从近到远、从低到高的多层次画面，达到三维立体的艺术效果。

在工艺上，木雕打坯机、木雕专用电锯的广泛运用，以及数字雕刻技术的日益成熟，对这个行业带来了巨大而深远的影响。特别是数字雕刻技术，为当代匠人提供了一种先进的数字创作流程，激发了想象力和创作力，同时在操作时非常顺畅，大幅降低了操作难度。数字木雕不仅制作高效，还可以复制。

当然，数字木雕仍是一种新的传统木雕，只是实现方法不同。不管用什么方法来雕刻，没有想象力和创造力，那就什么都不是。

说到底，现代技术只是实现目的的手段，最核心的，还是人。无论东方西方，概莫能外。

美国芝加哥西郊，世界最大的竖琴公司之一——美国莱昂—希利竖琴公司厂房内，女工芭芭拉手握一把由马尾巴毛制作的小刷子，在自己的脸颊上轻轻摩擦两下，再小心翼翼地用刷子粘上小块金箔，快速而准确地贴在原木琴柱上，开始细细抛光。

老匠师史蒂夫·弗里茨曼说，这个过程看似简单，实则非常复杂。整个过程一气呵成，不容丝毫差错。这一莱昂—希利竖琴公司独有的工艺，从一百多年前使用至今。

虽然近年来莱昂—希利竖琴公司引进了一些机器设备，但它们只是为了帮助提高手工制作水准。史蒂夫·弗里茨曼认为：“打造音乐家想要的声音和演奏舒适度，就是我们在技术和手工之间要寻找的平衡点。”

意大利家具商马西莫·马吉有类似的说法：“虽然我们用的工具要比祖父几十年前的先进很多，但在家具的最后制作阶段，还是有些手工的画龙点睛之笔，以区别工业生产和手工艺制作。”也正是家具中的文化内涵，“使得这一技艺传统延续了数百年时间”。

人技共进，人为主宰，是现代工匠精神的根基。

## 玻璃钢套子激发的科技想象

作为新一代工匠，张凯的起步比其他人艰难——他很小的时候，一个意外事故让他失去了左手。谈起这段往事，张凯平静如常："1980 年，我还差十三天满一岁的那天，我在地下爬的时候把一把椅子推开了，那底下是一个火坑，我栽倒在火坑里，一时出不来，左手就是这样被火烧的。"

从此，张凯的人生被标记了特殊的符号。

这是一位乐观的强者，十岁拜师学艺，克服重重困难，走上雕刻创作的道路。"学艺以后，一开始做的是古建筑，没有想到自己会做木雕。"张凯说。

为了让张凯能够像正常人一样工作，师傅为他残疾的左手装上了能够敲击的木套子。木套子在一定程度上保护了他受过伤的左手，但却不是很方便。“力量小了铲不动，力量大了就铲过头，经常铲到手或脚。小东西放在手里，还要用脚踩着，手脚都很容易受伤。”张凯说。后来，他尝试用玻璃钢做个套子套在手上，干活儿的时候可以用左手敲击，右手拿刀。这样一来，就能像正常人一样工作，效率提高了很多。

这是张凯第一次尝到科技带来的甜头。就是玻璃钢套子这个简单的工具，激发了他利用科技进行雕刻的想法。

经过多年的研究，张凯开发出一套数字雕刻技术，从此让他工作起来事半功倍。

如今，张凯已成为行业佼佼者，他希望能够培养出一些年轻人，将古建筑中的雕刻技艺传承下去。“学古建筑雕刻的人当中，我算是最年轻的，那时候年龄最大的有八十六岁。现在很多人年龄大了，干不了了。现在，各类木雕品需求量很大，只能用这种电脑雕刻机来做。我们只有做样品或者少量作品时才用手做，一般成批量的都是用电脑雕刻机来做。”

张凯认为，技术的创新是时代发展的趋势，这就需要匠人多学习，学新东西，也学传统技艺的精髓，提高艺术修养，才能在推广传统特色工艺品的同时，将传统技艺和文化传承下去。

坐在电脑前的张凯动作熟练，自信满满。

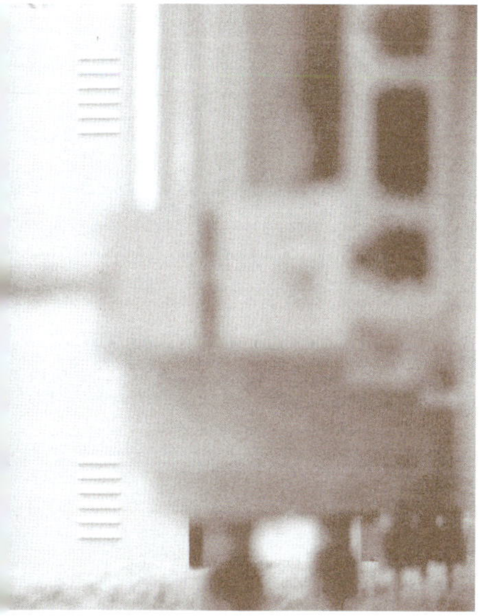

←

坐在电脑的张凯动作熟练，自信满满

对李宏进来说，七十二项吉尼斯世界纪录梦想背后，并不仅仅是追求荣耀那么简单，他更深远的目标是将那些民间技艺传承和弘扬下去。

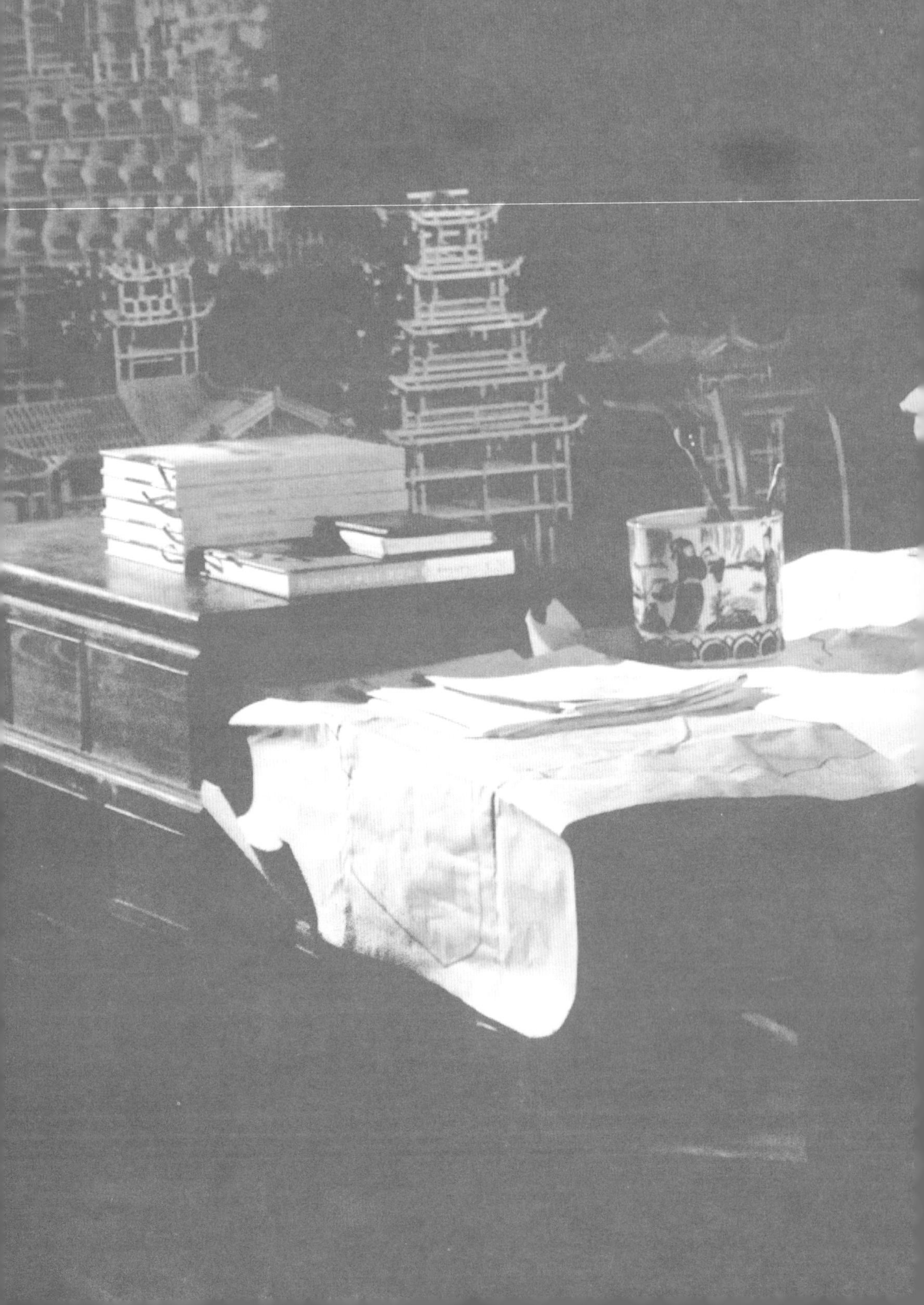

第四章

# 大匠之梦

# 创新 14

## 寻找与古人对话的最佳方式

受访人

泥塑设计师李勇

泥塑匠人李勇

贵州独山净心谷景区的孔庙大成殿里，一群年轻人正在运用泥塑工艺对“孔门七十二贤”立像。作为这个项目的负责人，李勇时时刻刻在琢磨的是，怎样让孔子这七十二位弟子的泥塑像更鲜活一点、生动一点？

泥塑是一种中国传统的民间艺术，即用黏土塑制各种形象的手工艺。它以泥土为原料，以手工捏制成型，或素或彩，以人物、动物为主，为国家级非物质文化遗产。根据泥塑的大小和主题，一般分为小型泥塑和大型泥塑两种。小型泥塑一般作为商品出售，供人们供奉、把玩。大型泥塑常见于道观、佛寺和庙堂之中，制作工艺较为复杂，要求也高。李勇团队负责的“孔门七十二贤”就属于大型泥塑。

李勇既有压力，又觉兴奋。对他来说，做这样的泥塑，是与古人对话、领悟和传承传统文化的最佳方式。

## 泥巴塑造的大千世界

泥塑是一门古老的艺术，其起源可上溯到距今四千至一万年的新石器时期。史前文化考古中，有多处泥塑品发现：河南新郑裴李岗文化遗址出土的古陶井及泥猪、泥羊头，时间约为七千年前；浙江河姆渡文化遗址出土的陶猪、陶羊，时间为六千至七千年前。这些被确认为人类早期手工捏制的艺术品，正是泥塑的祖师爷。

始于西周时期的陕西凤翔彩绘泥塑，是保留下来的最古老、最具民族特色的泥塑类手工制品。凤翔泥塑的彩绘纹饰与西周时期的青铜器纹饰有所不同，以花鸟鱼虫、祥鸟瑞兽为主的意象造型，是图腾崇拜、生殖崇拜、神灵崇拜的遗存。凤翔彩绘泥塑造型洗练夸张，神情生动，具有浓厚的乡土生活气息。它用色不多，以大红、大绿和黄色为主，以黑墨勾线和简练的笔法涂染，明快醒目。

到汉代，泥塑已成为重要的艺术品种。汉代墓葬中曾发掘出为数众多的陶俑、陶兽、陶马车、陶船等，其中有手捏的，也有模制的。

两汉以后，随着道教的兴起和佛教的传入，以及多神化的奉祀活动，社会上的道观、佛寺、庙堂兴起，直接促进了泥塑偶像的需求和泥塑艺术的发展。魏晋南北朝，敦煌莫高窟的佛像多为敷彩泥塑，窟内壁画围绕这些塑像而展开。

到了唐代，泥塑艺术达到了顶峰。与“画圣”吴道子同门的杨惠之被誉为“雕塑圣手”。吴道子学成，杨惠之不甘落后，毅然焚毁笔砚，奋发专攻泥塑，终成名家。在当时，“惠之塑”与“道子画”齐名。

至宋代，不但宗教题材的大型佛像继续繁荣，小型泥塑玩具也发展起来。有许多人专门从事泥人制作，作为商品出售。北宋时东京开封著名的泥玩具“磨喝乐”在每年七夕前后出售，不仅平民百姓买来“乞巧”，达官贵人也纷纷买来供奉、玩耍。

元代之后，泥塑艺术品在社会上仍然流传不衰，尤其是小型泥塑，既可摆设观赏，又可让儿童玩耍，深受大家喜爱。

清代，泥塑形成南北流派，北方有天津“泥人张”，南方有无锡惠山泥人。

“泥人张”彩塑以写实为特色，人物的造型和音容笑貌，无不强调一个“像”字。用色敷彩，典雅秀丽。“泥人张”彩塑一般尺寸不大，可放于案头或架上。它所用的材料是含沙量低、无杂质的纯净胶泥，经风化、打浆、过滤、脱水，加以棉絮反复砸揉而成的“熟泥”。经艺术家手工捏制成型，自然风干，再施以彩绘。

惠山泥人分为两类：一类为“捏仔子”，供儿童玩耍，“大阿福”是最典型的作品，其造型丰满活泼、浑厚简练，色彩明朗热烈，富有浓厚的乡土气息；另一类为“手捏戏文”，主要塑造戏曲人物，注意神态刻画，造型适当夸张，表现技法精练，色彩纯朴深厚，具有江南地方特色。

千百年来，泥塑匠人用天然、廉价的材料，塑造了一个丰富多彩的大千世界。

匠人们在实践中形成的一整套泥塑制作工艺，并不神秘。

第一步，选择细腻、黏性强的泥土，去除泥中杂质，有时还要在泥里加些水、蜂蜜、棉絮、纸等，用木槌捣，经过捶打、摔、揉，使泥土达到软硬适度不黏手的最佳状态，再放入盛具内，用湿布或塑料布密封包裹好备用。

第二步，用木头、铁丝等搭建好泥塑需要的大体骨架形状。

骨架搭建要简单牢固，使其达到既不掉泥、又不露架的状态。

随后，上泥堆形。上泥时，要从大处着眼，整体入手，将泥块一块一块地堆贴在骨架上不断拍打，然后层层加泥，用拍板砸实贴牢。第一层是“糙泥”，确定各部位体量的比例关系、形体的姿态以及衣纹的疏密排列。第二层是“中泥”，完善各部位的形体塑造。第三层是“细泥”，做细致入微的刻画和塑造，并通过反复的压光处理使泥胎质密坚硬，从而达到工艺要求。

传统泥塑的堆泥塑形要经过层层附着积累而成，在制作过程中，每上一层泥都不能太厚，要为下道工序留有位置，并且要用工具压紧泥层。每上新的一层时，还要注意上一层泥的干湿状况，不能太干，也不能太湿，要让新旧泥层很好地衔接，以免出现离层、脱壳现象，导致前功尽弃。

捏制好的泥胎，放在阴凉处阴干。

泥胎完全干燥之后，涂上底粉（白色颜料）。

最后一步，施彩绘。根据所捏人像或物体的特征上色，注重颜色的搭配与和谐。有时候在颜料干了之后再上一层清漆，保护作品的同时也能使作品光彩亮丽。

## 自学美术的新匠人

泥塑制作流程，李勇谙熟于心。他考虑最多的是，如何让孔庙大成殿里的“孔门七十二贤”塑像具备理想中的表现力。

“孔门七十二贤”塑像创作的主题就是孔子讲学，七十二弟子在听课。

《史记·孔子世家》载：“孔子以诗、书、礼、乐教，弟子盖三千焉，身通六艺者七十有二人。”这七十二位弟子是孔子思想的坚定追随者和实践者，也是儒学的积极传播者，包括颜回、子贡、子路、闵损、冉耕等人，他们形貌各异，性格不同。

“孔门七十二贤”塑像工程的难度显而易见——涉及人物多、体量大，包括孔子像在内，李勇团队一共要完成七十三个人物的塑像；此外，他们设计的“孔门七十二贤”塑像尺寸比正常人还

要高大一些，在泥塑的重心、平衡以至姿态、表情等细节方面都很难把握。

制作传统大型塑像，通常会先搭一个木架子，将架子的底部深埋在地下，再按照比例定好塑像的头、肩、胸、腰等位置。架子采取宁小勿大的原则，以防止雕塑完成后有多余的架子结构外露。架子一般会缠上草绳，其作用一方面是为了减轻雕塑的重量，另一方面是为了防止雕塑干燥后断裂。这一次，李勇在用料上大胆创新，骨架采用钢筋来搭建，草绳用铁纱网代替，黏土用水泥代替。

和传统泥塑比起来，“孔门七十二贤”塑像的工艺手段更加灵活。这得益于李勇的美术专业功底。2004 年美院毕业后，李勇跟随父亲从事园林规划与设计工作。在一次古建筑的修复过程中，他对泥塑产生了兴趣，一发而不可收，转行做了泥塑匠。

与大多数民间匠人为了生计或受父辈影响而学手艺不同，李勇这样的新一代匠人，学手艺是出于兴趣爱好。这使得他们能超脱于简单的谋生之道，以艺术家的心态和眼光来对待自己的手艺。他们，为匠人的形象、匠心的呈现提供了更多可能性。

转行，意味着命运的转型。对李勇来说，这一转型那么自然，因为他是学美术出身，而泥塑，是活美术，是立体的历史。

←

泥塑，是活美术，是立体的历史

## 将中华文明的重要部分可视化

作为“孔门七十二贤”塑像项目的设计师，李勇参照了不同古籍和画作对孔子七十二弟子形象的描绘，在综合分析七十二弟子事迹和性格的基础上，从多角度、多层次对人物进行设计。

比如，对颜回这个人物的塑造。史料记载，颜回是孔子最喜欢的弟子。子曰：“一箪食，一瓢饮，在陋巷，人不堪其忧，回也不改其乐。”颜回生活清贫，但他好学谦逊，有仁者之心。为此，李勇为颜回穿上一件单薄的布衣，衣冠整齐简练，身体形态较为保守，似乎只是在静静聆听老师的教诲。

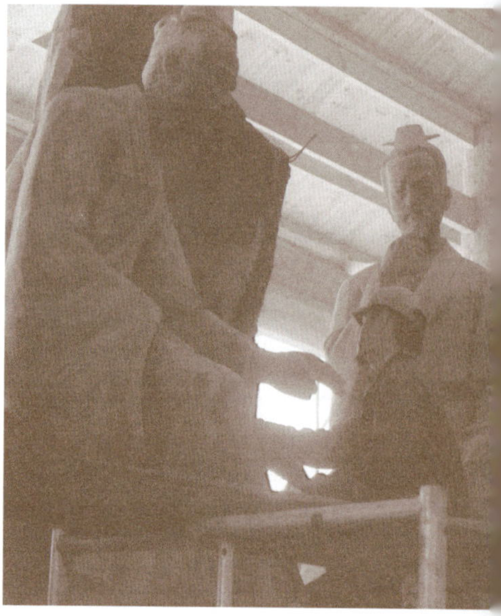

“塑造人物形象的难度相对要大一点，因为春秋时代离我们太久远了，我们要翻阅当时的历史，要了解当时的文化。七十二个人物在同一个空间里面，他们在做同样的事情——听课，虽说形态大体相同，但细微的变化还是要表现出来。每个人物，都要有各自的特点，有和其他人不一样的地方。”说话间，李勇眉头紧蹙。对他而言，这颇具挑战。

李勇设计的大部分弟子形态都比较保守，他希望在子路的形象上寻求一些突破。因为在所有的孔门弟子中，子路最为亢直鲁莽，可他又是孔子忠实的守护者，一生追随孔子，勇武而忠诚。要把这样一位个性鲜明的人物融入一个严肃的整体环境里，并非易事。

在难以抉择的时候，李勇就人物形象的合理性与伙伴们做了分析：“有些古代文人是佩剑的，就像后来的读书人手里拿把扇子一样，可不可以找几个人物，在他们的道具上做点文章？因为他们在学习，除了书卷，除了身上的道具，比如佩剑或者手上拿的物件，就没有其他东西了。学堂的氛围比较特殊，七十二弟子在这个环境里面会比较认真，比较安静，不会有太大的表情动作，这方面还是要特别注意。七十二个人物有没有雷同的地方，是我们要重点考虑的问题，这个确实比较让人头疼。”

为了尽可能符合当时的情景，每一个人物的形态创作，都要经过很多次的探讨。李勇尽可能把其他人的建议融合进来。“有些方面，比如动态表情等，还需要大家商量，一起敲定。我们经常讨论的是人物与人物之间的互动，比如有的拿着竹简，有的在看竹简，有些人，两三个聚在一起讨论问题。”

↑
每个人物，都有各自的特点

塑像制作过程中，李勇时时提醒伙伴们注意细节的处理。“这只手就放在胸前，稍微有点蜷，放在这里就可以了。另一只手，自然地握个拳头。”他指点伙伴：“在焊接的时候，这两根钢筋是不够的，每只手最少都要三根，这个是后期要加的。之前摆动态、焊形的时候用两根钢筋比较方便，焊好了之后再加一点固定。这手已经焊好了，然后再往上一放，一固定就好了……”

经过认真设计和推敲的人物形态，焊

接时需要伙伴的紧密配合。焊接时闪耀的弧光中，传统工艺和现代技术在这里碰撞出新的火花。

“孔门七十二贤”的工程即将结束，七十二弟子默默伫立在大成殿里，形态各异，表情自然，被定格在历史深处的一个瞬间。

自古以来，尊师重道就是中华民族的传统美德，孔子的“因材施教”则是儒家对人才培养的启示。文明，传承于世道人心。

从园林设计规划师到泥塑设计师，李勇找到了适合自己的发展方向。在这个项目中，他与伙伴们一起，运用传统与现代结合的方式，将中华文明的重要部分可视化。自豪之余，他还有一个大大的梦想：要让自己的作品走遍中国，走向世界。

# 乡土 15

## 离开泥巴，人生没意义

受访人

陶艺师陈秀满

“无论从事什么样的行业，我觉得年轻人都应该把‘工匠精神’这四个字挂在家里，挂在办公室。”2018 年 4 月 15 日，湘西吉首乾州古城的一个艺术活动上，陶艺师陈秀满在发言中如是说。

在陈秀满看来，“工匠精神”并不是工匠才应该追求和恪守的，它的背后是一种专注，一种认真。“像现在各行各业都存在‘差不多先生’，他们的特点就是做事以‘差不多’为标准，凡事做到‘差不多’就交差了，这样不好，可不可以再认真、再专注一点呢？所以说‘工匠精神’是一种做事的态度。”

说到最后，陈秀满的话中充满激情：“我想，年轻人要是都有工匠精神，我们的事业就会更旺，我们的国家就会更好。另外，我觉得年轻人要多读点书，帮助我们提高修养；多学习审美，帮助我们提高素养。年轻人能够做到这几个方面，我就非常高兴了！”

这是新一代匠人走出作坊，积极影响社会的有力宣言。

掌声响起。陈秀满微笑着，眼中闪光。他难得这样表露心中的澎湃。在城市雕塑家孙冬眼中，平时“很内敛、喜欢安静的”陈秀满，把自己的激情与思想内涵，全都表达在他的作品上了。

## 我们这个民族的活历史

太阳照常升起。黔州古城，陈秀满又开始了忙碌的一天。

陈秀满在古城里有一家属于自己的陶庄。陶庄里，成百个形态各异、气韵十足的陶塑，仿佛要从历史里跳出来，和你对话。

陶塑，本就是我们民族的活历史。

人类文明，由火而始。最开始，我们的祖先通过泥土、火来创造各种用具，便有了黏土或陶土经捏造后烧制而成的陶器。

新石器时代，我们的祖先因为精神生活的需要而创造了陶塑，其质料除个别为细泥质红陶或黑陶外，绝大部分是细泥质灰陶，皆手工制成。造型大体可分为两类：一类是日常生活用具及其模型；另一类是以人和动物形象为主的塑像。距今六千多年的半坡遗址中曾出土一件陶塑人面，质朴简单，透出先民的智慧。

陶塑盛行于商代早、中期。河南曾出土陶龟、陶鸟、陶猪、陶鱼、陶羊头、陶蛤蟆和陶人坐像等，形象生动逼真。一只陶虎，作伏卧状，双眼圆瞪，口张牙露，颇具虎的凶暴之气。甘肃出土的陶塑人像，五官端正，比例恰当，神情生动。这种简练传神的艺术手法，在后世的陶塑中得到继承和发展。

陶塑中的加彩工艺随之出现，比如用黑彩或红彩装饰的鸟兽纹样和几何纹样。陶塑的艺术表现力，不断丰富。

秦汉时期，陶塑艺术的质朴劲健，集大成于“世界第八奇迹”西安秦兵马俑。在陶塑的艺术表现上，兵马俑的制作运用严格的写实手段，通过塑、捏、堆、贴、刻、画等多种技法制成，撼人心魄。

隋唐时期，贵族阶层厚葬之风盛行，作为随葬明器的陶塑在艺术上快速发展。“唐三彩”所表现的激扬慷慨、瑰丽多姿、壮阔雄俊的格调，成为时代风貌的生动再现。

中国的现代陶塑，在 20 世纪 80 年代开始崛起。在美术学者吴昊看来，现代陶塑以其大胆的想象、巧妙的构思、奇特的造型、可塑的泥料、流动的釉色以及神奇的窑变塑造了一系列或写实或抽象的形态，在形与色之间塑造美、展示美，给人以强烈的视觉冲击和心灵震撼。

而如何面对传统、融合传统，成为摆在陶塑者面前的一个重要命题。英国美学家赫伯特·里德说："陶器……这种艺术是如此的与本土文化上之各种需要密不可分，以至每一种民族的本土文化精神，都必然会在这种媒介中寻求它的表现。"

"中国丰富的陶塑文化，是现代陶塑取之不尽的文化资源，继承和吸收传统陶瓷中独有的本土特色技法，挖掘具有浓厚本土文化色彩且具有重要审美意义的材质和符号，并进行合理的运用，都可以成为现代陶塑创新的表达形式，这也是开拓本土特色陶塑的主要途径之一。"吴昊认为，中国现代陶塑艺术发展的必由之路是兼容并蓄，对于传统去粗取精，去芜存菁，对外来艺术去其糟粕，取其精华，融合本土的人本思想、天人合一思想与西方的人文思想。

陈秀满念念不忘的，正是如何在自己的陶塑作品中体现这种东方与西方、传统与现代的融合。

→

姿态各异的箪军

## 一方水土滋养的艺术

陈秀满的工作室里，三百个姿态、表情各异的士兵陶塑特别吸引眼球。陈秀满花了两年时间，制作出这些矩阵列队的士兵塑像。他有些自豪地说，这些都是筸军。

在陈秀满的家乡湘西，一直流传这样一句话："无湘不成军，无筸不成湘。"小孩们的睡前故事里，也总少不了筸军的传奇。

关于筸军的传说由来已久。唐浩明的《曾国藩》一书中有这样的描述："镇筸兵自明代起便以凶悍闻名于世。咸丰时期的镇筸兵，虽不能跟过去相比，但在全国绿营六十六镇中，仍然算是第一等强悍。个个是私斗、打群架、管闲事的能手，平时相处，内部常起械斗。一声呼哨，立即形成两军对垒之势。打得眼红了，白刀子进，红刀子出，也不在乎。一般总兵都怕调到镇筸镇来。若是遇到镇筸镇的兵与别镇的兵争吵起来，镇筸兵便会自动联合起来，一致对外，拿刀使棒，不把对方打败，决不罢休。”文中所说的镇筸兵，就是后来俗称的筸军。

陈秀满创作的筸军形象，抓住了他们骁勇善战的特点。他对人物的整体比例进行一些夸张处理，有些人物的身高只比手里的大刀高一点，而头部就占了三分之一。这种短小精悍的身材设计，突出了筸军壮实、彪悍的形象。他们的姿态各不相同，或挥刀，或扛枪，或骑马；有的瞳孔放大，面露狰狞；有的满脸络腮胡子，表情冷峻。颇具湘西民间特色的头巾、马褂也被运用到泥塑当中，增添了湘西本土特色。

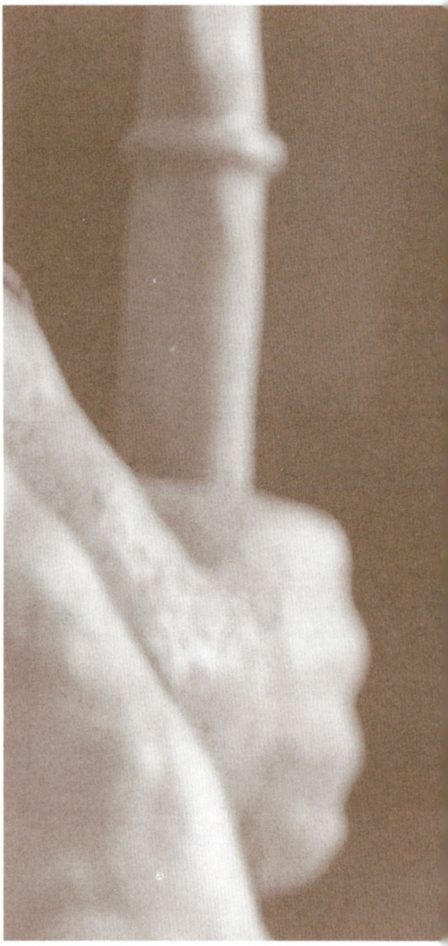

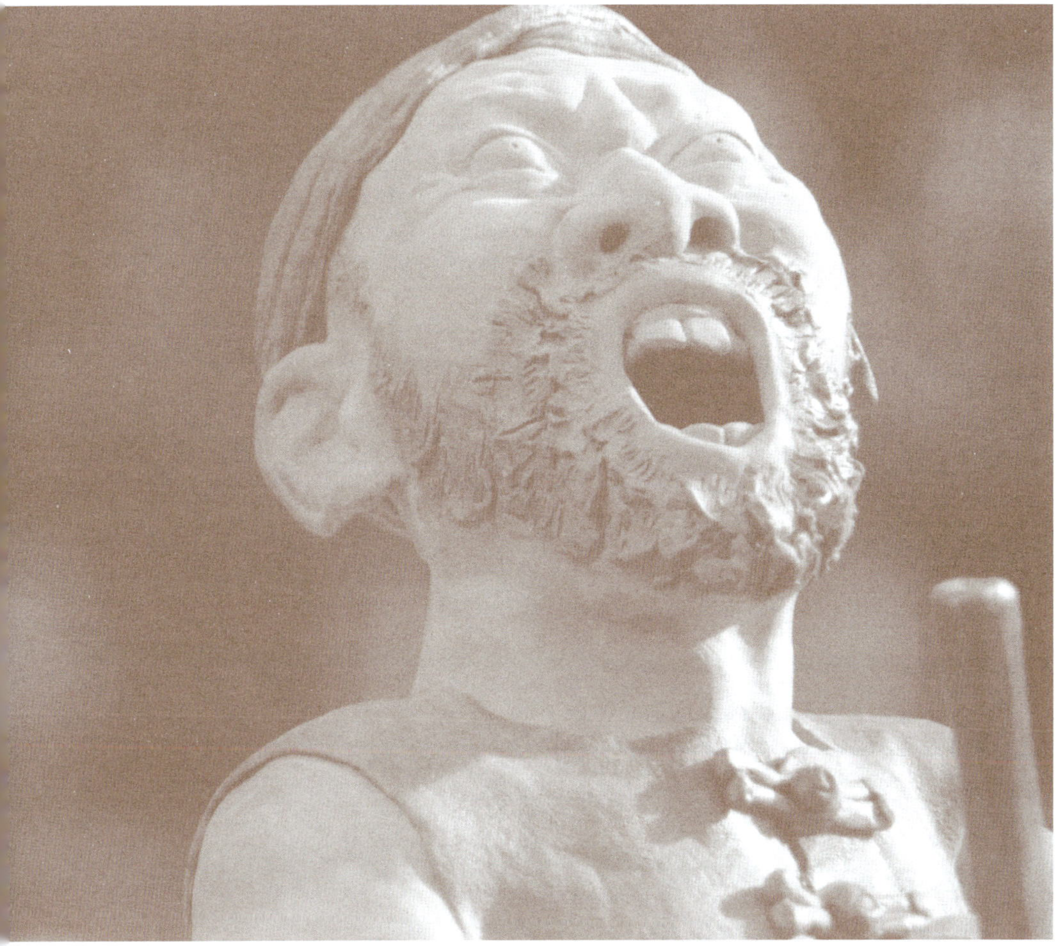

↑

对人物进行夸张处理

这些看上去活灵活现、有血有肉的箪军原型，来自湘西民间。在日常生活中，陈秀满是一个特别有心的人，他善于观察，也善于用作品来表达。“我在和别人相处的时候，经常观察他的外貌特征，然后把这些特点赋予作品当中。这个箪军，体现了我们湘西人的尚武精神，也体现了湘西男人的彪悍气质。每一个人（箪军），都是我做出来的小生命。”

被湘西水土滋养的陈秀满，身上有一种强烈的传统文化传承意识。多年来，他收集和整理湘西各地陶瓷的历史，发现和研究湘西陶瓷的民族民俗造型及纹饰文化、传统技艺。在传承、发展湘西土家族、苗族民间陶瓷手工技艺的基础上，创作具有湘西民间特色以及鲜明个人风格的陶塑作品。

这方水土，带给陈秀满源源不断的创作灵感、文化资源，以及不曾止息的创作激情。

他说，已有的三百个箪军，还远远不够。他要做一千个。

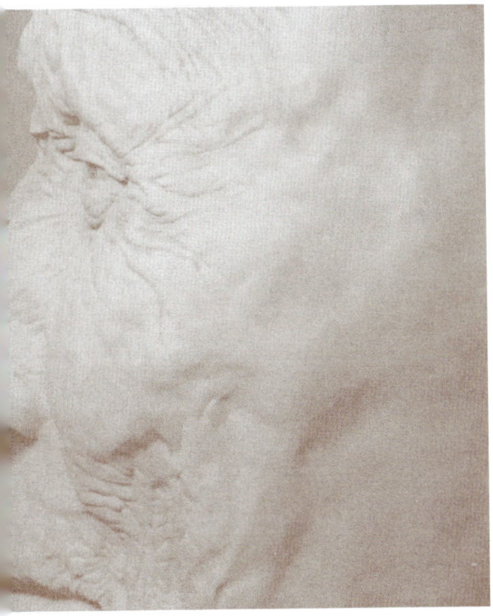

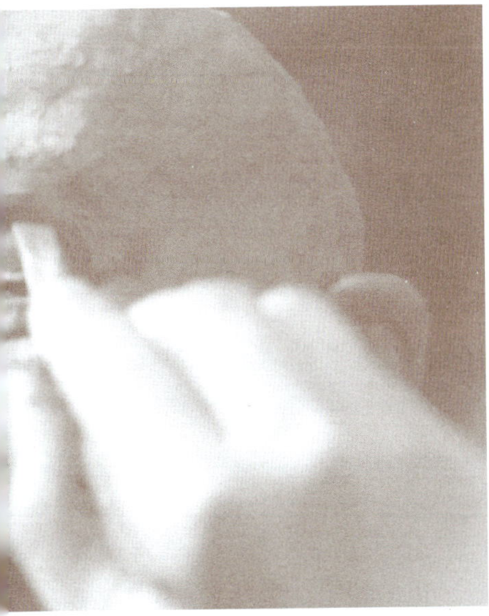

←

陈秀满手下的“小生命”

## 离开泥巴，人生没意义

在陈秀满看来，做泥坯、烧泥土的过程充满趣味。他说，湘西乡村里的孩子，从小玩着泥巴长大，他们把泥土泡软，捏成各式各样的形态，和泥土有一种天然的亲近感。在外人看来又苦又累的陶塑活儿，对他来说只不过是孩童时期记忆的延续。

陈秀满原是小学美术老师，为了找到更好的美术教育方式，他开始学习陶器制作。后来，他在学校做陶艺教学实验，建立了陶艺大教室和土窑，孩子们做陶、玩陶，插上想象的翅膀，快乐创作。陈秀满的陶艺教学实验，成为湘西美术教育的一大亮点。

难以割舍的情感

↓

假期，陈秀满跑到当地的陶厂，吃住在工人家里，专注于陶艺。偶然寻得一只釉色不多见的陶罐，他便会开心好几天。

慢慢地，陈秀满对于陶器制作有了一种难以割舍的情感，他辞了教职，全身心投入到陶塑当中，成了一名新陶匠。新，在于他的视野，他的艺术追求。

为了能学到更为全面、专业的陶器艺术知识，半路出家的陈秀满遍访名校名师。上到专业院校中央美术学院、清华美术学院，下到民间火塘拉坯作坊，他都去了，看，听，问，琢磨，废寝忘食，乐在其中。

陈秀满平时话不多，但一聊到陶塑，他的眼里就放光。“我一见泥巴就激动，所以我就慢慢觉得，自己这一辈子，还是和泥巴有缘，离不开泥巴。”

对于陈秀满而言，制陶远远不止是一个职业，他手中的每一个陶器作品，都是他表达的载体。“利用陶土这一原材料来体现我的艺术思想，对我的生活，甚至对我的生命，都是最重要的一件事。离开了艺术，我觉得人生就没有什么意义了。”对于陶塑，陈秀满有一种近乎偏执的热爱。这是一位堪称艺术家的陶匠。

陈秀满的陶塑作品以湘西民俗人物为主，成型手法独特，个性鲜明，造型极其夸张幽默，具有现代浪漫主义风格。

2014年，陈秀满创作了《苗寨秋歌》，这个作品由十七个形态各异的苗家人物组成，以湘西的赶秋作为文化背景。“每年到立秋那一天，我们的苗族父老乡亲都汇聚到一起，赶边边场（湘西苗家青年男女求爱的一种方式），唱情歌，庆祝丰收，我觉得这是很接地气的一个题材。”对于这一入选第十二届全国美术展的作品，陈秀满有小小的自得。“尽管里面有一些不成熟的技法，很多的造型不太完美，但是从大的意义上来说，它代表了我艺术创作的一个阶段。”

陈秀满的陶庄逐渐声名远扬，众多收藏者慕名而来。不过，陈秀满并不太在意这些。他想得更多的还是自己的创作。对自己的作品，他都不满意。“每次回顾以前的作品，我都会萌发出‘以后要创作更完美的艺术作品’的冲动。”他“永远在路上”。

←

湘西民俗作品《苗寨秋歌》

## 为梦想塑形

制作陶器的黏土来自自然，陈秀满的艺术灵感也来自自然。每隔一段时间，陈秀满就去田间地头走一走，每看到一张独特的面孔，他就立即坐下来，用泥土为这张面孔塑形。

“我们湘西，现代陶艺和传统陶艺的结合是一个空白，我的梦想就是在我们湘西，做一个很有民族特色的陶艺村，完全恢复我们以前做陶的工序和场景，让现代人和我们的后代来看一看，我们以前的陶是怎么做出来的，祖先的智慧在哪里。”带着一种近乎亢奋的情绪，陈秀满描述了他梦想的蓝图。

2016 年，陈秀满和助手一起完成了苗族婚俗系列陶塑，这一作品堪称陶器版的《清明上河图》，引来无数陶塑爱好者的参观。

千人筸军陶器创作，是陈秀满正在努力实现的大计划。这是一个漫长的过程。值得庆幸的是，这方生养他的水土从不吝啬给予，让他可以在家乡人民的生活里获取创作的动力，再将种种感悟融入作品，升华为作品的生命力。

另一值得庆幸之处是，越来越多的人走进了陶塑的世界。陈秀满在陶庄做陶的时候，每次有客人进来，他都会用眼睛的余光观察来人。他可以从客人的眼神里看到对方对作品的专注程度。“比如说，他的眼神在作品上停留的时间很长，他就一定是能看进去的人；要是他只扫一眼，那么他肯定是看不懂的，他一定就是外行看热闹。专注程度越高的客人，越能看懂我们的作品。比如说，你专注地看一个陶人作品，你会发现它像你的某个家人、某个同事、某个同乡，于是开始产生共鸣，而这个过程并不需要艺术修养，从这个角度说，你就在和这个艺术作品对话了。”

→
陈秀满和助手一起完成了苗族婚俗系列陶塑

对陶匠陈秀满来说，能让作品和观众对话，没有比这更高的奖赏，更大的动力了。

# 向往

16

## 快节的奏社会，他以画笔对抗浮躁

受访人

彩画师李子南

七十岁的彩画师李子南站在三米多高的支架担板上，身上系着保险带，手拿画笔，在白墙上绘制一幅古代贤士彩画。他气定神闲，挥洒自如，笔下的人物栩栩如生。

“上高我不怕，唯一担心的是站久了会昏，所以一般要系保险带，安全一点。像我这个身体，目前还可以，虽然比较瘦，但是没有大的毛病。”李子南的心愿，是把自己的彩画技艺传下去。

在他看来，一个合格的彩画匠，不仅是技艺高超的工匠，还必须是画家、文人，要对中国的传统文化谙熟于心。

## 彩画，让古建筑增光添彩

彩画是中国古代建筑特有的装饰形式之一。“雕梁画栋”这个词，形象地说明了古代建筑雕饰彩画富丽堂皇的艺术效果。古老的梁架，玉白的石坛，赤红的门窗，金黄的琉璃瓦，形成古代建筑的美丽外观。古人讲究建筑上的色彩分配：檐下阴影掩映部分，主要色彩多为冷色，如青、蓝、碧、绿，略加金点；柱、门和墙壁则以丹、赤为主色，与檐下的冷色彩画形成对比，与白色的台基互相映衬，给红墙黄瓦一个间断。彩画，让古建筑增光添彩。

彩画，是古代建筑装饰的重要部分。“在世界建筑发展史中，中国古代建筑以其鲜明的特点而自成体系。这些特点主要表现在以木构架为结构体系，由单幢房屋组成建筑群体和它们从建筑群组的空间形态、建筑单体的整体外观到建筑各部位的造型都具有的多彩的艺术形象。建筑装饰在这些特点的形成中起着重要的作用。”清华大学建筑学院教授楼庆西在其著作《中国古建筑二十讲》中说，中国古代艺匠利用木构架结构的特点创造出庑殿、歇山、悬顶、硬山和单檐、重檐等不同形式的屋顶，又在屋顶上塑造出鸱吻、宝顶、走兽等奇特的个体形象，还在形式单调的门窗上制造出千变万化的窗格花纹式样，在简单的梁、枋、柱和石台基上进行了巧妙的艺术加工，应用这些装饰手段造就了中国古代建筑富有特征的外观。他们还善于将绘画、雕刻、工艺美术的不同内容应用到建筑装饰里，极大地增强了建筑艺术的表现力。建筑装饰使房屋躯体具有了艺术的外观形象，使建筑艺术具有了思想内涵的表现力。

在中国，在木构建筑上绘制彩画的历史源远流长。早在先秦时代，《论语》中已经有“山节藻棁”的记载，《春秋谷梁传注疏》载：“礼楹，天子丹，诸侯黝。”

彩画，让古建筑增光添彩

↓

秦汉时期，在宫殿的柱子上涂丹色，在斗拱、梁架、天花等处施以彩绘，其装饰图案多用龙、云纹、锦纹。

南北朝时期，受佛教影响，产生了新的建筑装饰图案。

宋代彩画多用叠晕画法，颜色由深到浅或由浅到深，变化柔和，没有生硬感。

明清时期，彩画发展到鼎盛期，新的品种不断涌现，题材不断扩大，表现手段不断丰富，法式更加规范，等级层次更加严明。这一时期的彩画，分为地方和官式两种。

地方彩画是民间工匠在不违背当时等级制度的前提下，施绘于地方衙署、庙宇和居民建筑上的，风格活泼自然、不拘泥程式的彩画。官式彩画是按照当时的等级制度组织工匠制作的一种定型彩画，施绘于皇家建筑、王公大臣府邸、衙门等，主要分为三类：和玺彩画、旋子彩画和苏式彩画。

和玺彩画是古建筑中彩画等级最高的一种，由枋心、藻头、箍头三部分组成。枋心位于构件（梁枋）之中，占构件的三分之一，多绘龙凤图案，且大面积用金，最为亮丽辉煌。枋心与藻头之间有“Σ”形括线相隔，为识别和玺彩画最显著的标志。紫禁城中轴线上各殿座及其他宫的主要殿座多绘以和玺彩画。

旋子彩画等级次于和玺彩画，多用于次要的宫殿、配殿、门及庑房等建筑。旋子彩画藻头图案的中心有花心（旋眼），花心的外圈环以两层或三层重叠的花瓣，最外绕以一圈涡状的花纹，称为“旋子”。旋花以一整两坡（一整团旋花、两枚半个旋花）为基本构图。随着梁枋、檩枋和大小额枋的长短高低，画面旋花可以有不同的组合。

苏式彩画多绘于宫廷花园中的亭台楼阁，画面枋心主要有两种式样：一是将檩、垫、枋三部分的枋心彩绘成半圆形，称“搭袱子”，又称“包袱”；二是采用狭长形枋心，包袱的轮廓线由浅及深，逐层退晕。藻头部分绘各种象形的集锦式画面，外加卡子做括线。苏式彩画比和玺彩画、旋子彩画布局灵活，画面所用题材广泛，更适于生活区域的建筑，在紫禁城园林建筑中广泛采用，如慈禧太后居住过的储秀宫、翊坤宫，就绘了这类彩画。

园林建筑梁枋上的苏式彩画在构图上提供了比较大的装饰面积，颐和园那条长达七百二十八米的游廊正是充分应用这些面积，绘制了《红楼梦》《西游记》《三国演义》《水浒》等著名小说中的精彩情节，也绘制了自然山水与植物花卉。在二百七十三开间的一千多幅彩画里，几乎没有重复的形象，使长廊变成一条美不胜收的画廊。游人漫步廊内，既能观赏廊外的山水湖景，又能陶醉于这历史的长卷。

出了宫廷，绘制彩画的要求就不那么严格，民间画匠可以自由创作。画匠们殚精竭虑，使出浑身解数将各种寓意美好的事物绘出来。举凡戏剧故事、历史人物、花卉虫鱼等，纷纷入画。他们通过谐音、物象、状物等方式，绘出风姿多彩的吉祥图案，表达对丰衣足食、国泰民安的追求。

## 传了千百年的中国意念

彩画，自古被视为民间最重要的三种传统手艺之一。那些出现在藻井、斗拱、门楣等处的彩画，是美学的呈现，是智慧的凝聚，是文化的沉淀。

装饰功能之外，彩画是木建筑防腐、防蛀的第一道防线——颜料可以辟湿，有些更含有剧毒，令虫蚁退避三舍。

绘制彩画，一般分为三个流程：

第一步是批灰打底。先将基层表面清理干净，再刷上一层松香水稀释的生桐油，这个过程是为了加固水泥基层。等到生桐油渗入到一定深度，再清理一次墙面。接下来，用较细的油灰腻子刷墙。刷的时候要把握好度，不要刷太厚，但要密实。等到油腻子风干了以后，把板迹和接头磨平。再用更细的油灰加入少量光油和适量水刷一遍，厚度约两毫米。等到水分干了以后，刷上一层没有稀释过的原生桐油，使它渗进油灰层。这个过程主要是为了加固油灰层，要始终保证墙面的干净、平整，如果不慎弄上了浮油，一定要及时处理。

↑

李子南以画笔对抗浮躁

第二个步骤是绘图放样，这个过程非常关键，对于整个彩画工程而言，起到规划设计的作用，后续的工作都将以此为基础开展。

基层处理完成之后，先要准确量出彩画绘制部位的长宽尺寸，接下来用炭条在纸上绘出所需纹样，再用墨笔勾勒，纸的选择一般以优质牛皮纸最佳。大样绘完后用大针扎孔，针孔间距两三毫米。在对构件放样前，用砂纸将生油地仗满磨一遍，用水布擦净。接着定出构件的横竖中线，将纸定位摊平，用粉袋逐孔拍打，使色粉透过针孔印在地仗上，彩画纹样便被准确地印出来。

第三步是设色涂刷。传统彩画是程式化图案，其设色有一定的规律，一般以明间为基点、上青下绿、青绿相间为原则。水平方向是：明间上青下绿，次间上绿下青，再次间又是上青下绿，以此类推。彩画着色是一项关键工序，不能有半点差错。工匠们为不同颜色设定了代号：一米色，二淡青，三香色，四硝红，五粉紫，六洋绿，七佛青，八石黄，九紫色，十黑烟，十一红，等等。将代号直接写在地仗上，根据色号将各种色料对号入座。等到颜料全部风干，再刷一遍光油罩光，以保护彩画不被风雨侵蚀。

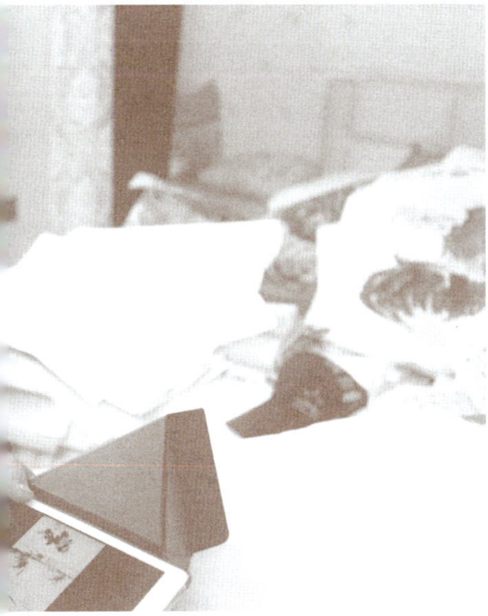

彩画的工艺繁复，除了一些特色建筑，现在的房屋已经很少用彩画来装饰了。李子南对彩画技艺的传承有些担忧，他希望尽自己所能多做点这方面的工作："我老了，想把一些传统的东西再现出来，让大家来看一下。讲老实话，我最大的梦想是发挥一点点余力，把这个彩画传统传递下去。"

李子南是那种耐得住寂寞的老匠人，在这个快节奏的社会，他以画笔对抗浮躁，在画中寄托了对传统的体认，对美好生活的向往。

李子南以画笔向人们传递一个信念：画中有真意，俗世洪流裹挟不去。他说："我画的是我们中国人传了千百年的意念。"

# 筑梦

17

## 他的民族建筑，让总理竖起大拇指

受访人

大匠李宏进

匠人们围坐在一起开会

贵州独山净心谷景区，水司楼主体建筑工程的工地，为了解决工程难题，在项目设计师、团队带头人李宏进的召集下，参与工程的所有木匠、瓦匠、石匠开了个碰头会。匠人们停下手里的活儿，坐在粗大的木头上，围了一个圈。

李宏进坐在圈心，给人家鼓劲：“我们刚进来的时候，独山县城连一条马路都没有修起来。你们看，现在独山县城修得多好！你们看，景区的建设，从一无所有到现在这个样子，都是你们一斧头一锤子打出来的，建设得这么漂亮。没有你们，就没有景区的今天。出自唐、宋、明、清各个朝代的建筑，所剩无几，几乎全都毁掉了，但是到我们这个时代，又一栋栋地拔地而起，又把它们建起来了，这就叫工匠精神，这就叫文化传承，为子孙后代留下巨大的精神财富。我们这个团队从来没有打过败仗，我们要带动这里的经济，要让这里的老百姓致富……”

一番话，赢得了匠人们的掌声。一张张朴实的面孔，一双双真挚的眼睛，汇聚成一种无声的力量。

人称“当代活鲁班”“湘西鬼才”的李宏进，显然是受到触动，他挥了挥握紧的拳头，像是要把胸怀里的大匠梦想挥洒出来。

## 他的民族建筑，让总理竖起大拇指

李宏进是一个颇具传奇色彩的人。1968 年 7 月，他出生于湖南省湘西土家族苗族自治州永顺县塔卧镇观音寨的一个石匠家庭。十二岁那年，因家境贫寒而辍学，背上行囊出门拜师学艺。

“我从家乡来到我们湘西土家族苗族自治州州府吉首。我的母亲叫铁匠给我打造了一个一斤多的小锤，让我拿那个小锤子打石头。后来我找了一个师傅跟着学艺，至少学了三年，三年时间不拿一分钱。帮师傅提鞋、背行李，跟师傅修工具，伺候师傅三年。那时候我心里就在发奋，我一定要学成这个手艺，一定要争口气。”忆及当年，李宏进语气平静，眼神里却有一股拗劲。

功夫不负有心人。少年李宏进跟着师傅专攻湘西民族建筑、木雕与石雕，学得刻苦，也爱琢磨，学成出师。他创作的石雕、木雕作品令同行为之瞩目。

实践中，李宏进逐渐掌握了以传统民间技艺为基础的仿古建筑修建方法。

1996 年的一天，李宏进的工作室来了两位拜访者，对方问他能否做出修建仿古建筑群的设计图。李宏进当场应了下来。经过对张家界项目所在地的一番现场勘查之后，他根据地形地势连夜制作出一套项目的设计方案。他的设计思路与项目负责人一拍即合。

方案通过后，李宏进带领一群民间工匠走进了张家界。不到一年时间，他和他的匠友们创造出了一个占地八百余亩的民族特色建筑群——张家界土家风情园。

园区包括九重天、祭奠柱亭、鲁班柱、摆手堂、宴会厅等二十多座民族构筑，总面积达九千余平方米。其中，九重天吊脚楼为木质结构，楼高48米，9重12层，333根立柱，千奇万状，挑檐飞脚。这么大体量的建筑没有用到一颗铁钉，全都是榫卯结构连接，堪称中国民族建筑奇迹。这座被认定为目前中国最大、最高、最完美的木质结构吊脚楼，被载入吉尼斯世界纪录。

“当时的我只是胆子大，敢想敢干。”李宏进说，如此巨大而复杂的工程，全是民族传统工艺，他一人设计，一人管技术，一人管工程施工，一边画图，一边施工。三百天工期，留下数百张手工图纸，上千个图案。

↑

功夫不负有心人

李宏进第一次用现实世界里的一砖一瓦，建起了他心中的理想建筑。

不过，说起这一次经历，李宏进总有些五味杂陈的感觉：“建筑完工之后，住建局的专家都不来验收，他们说，这李宏进都没读过书，他修这么大一个建筑，最后这个房子垮了怎么办？后来过了很久，来了一个验收员，他一看，对我竖起了大拇指，说这个人了不起，这个房子从力学上、美学上来说，绝对都是独一无二的。”

虽然在建张家界土家风情园的过程中，李宏进遭到不少质疑，但他最终用令人赞叹的作品为自己正了名。

2001年，时任国务院总理的朱镕基到张家界考察，走进张家界土家风情园，被九重天吊脚楼震撼，向李宏进竖起大拇指，称他为“湘西鬼才”。

→

句町王城——李宏进民族事业巅峰时期的又一惊世佳作

## 九座城和七十二项吉尼斯世界纪录

张家界土家风情园的成功，坚定了李宏进复兴民族建筑的信心。他开始尝试民族建筑设计和旅游文化开发项目，先后成功策划设计、建设上海维斯佳生态园、中国凤凰印象边城、秦城里耶绿园广场、中国武落钟离山巴土圣山、五峰土家摆手堂、重庆长寿中国长寿城、巴东神农古郡、巴东野三关生态休闲度假区、合肥非物质文化遗产园等百余个大型旅游项目，获得多项吉尼斯世界纪录。

“学艺的时候，师傅就经常讲起，七十二行，行行出状元。我想我已经找到了自己事业的位置。”李宏进说，九重天是他自己非常满意的一个作品，也是他的第一个吉尼斯世界纪录，自豪之余，他立下一个誓愿：这一辈子要创造七十二项吉尼斯世界纪录。

这七十二项吉尼斯世界纪录的梦想，并非好高骛远，而是源自李宏进对民族文化的自信：“每根方，每道梁，每匹瓦，每块石头，都包含了文化信息，我们中华民族上下五千年的文明，老祖宗留下巨大的精神文化遗产，我们取之不尽，用之不竭。”

筑城，成为李宏进传承民族精神文化遗产的最佳方式。他要筑九座城，九九归一，天人合一。

《礼记·乐记》中说："乐者，天地之和也；礼者，天地之序也。"天人合一是自然环境和人居环境的相互交流，是古人伦理观、审美观、人生观、价值观的集中体现。依山傍水、与自然和谐共生的建筑，和诗情画意的人生、士大夫理想相得益彰。而传统技艺，就是天人合一思想和手工劳作的结合。

2018 年，李宏进的九座城都筑起来了，其中包括张家界土

芙蓉古镇——"挂在瀑布上的千年古镇"

↓

家风情园土司城、湖北恩施土司城、湘西里耶古城、贵州松桃苗王城、贵州铜仁大明边城、湖北恩施施南古城、重庆彭水蚩尤九黎城、张家界古庸城、贵州独山影山古城（净心谷）。

三十年间，李宏进共完成一百多项民族历史文化建筑作品，其中的九重天、九进堂、九道门等十多个项目创下了吉尼斯世界纪录。

对李宏进来说，七十二项吉尼斯世界纪录梦想背后，并不仅仅是追求荣耀那么简单，他更深远的目标是要将那些民间技艺传承和弘扬下去。

“原来我的师傅说，民间文化是中华民族文化的半壁江山，但现在很多手艺濒临失传，有些手艺已经失传。我最初的梦想就是‘金银铜铁锡，木瓦窑石漆，雕画弹染篾，外带毛箍皮’，三缝九佬十八匠，三教九流十八铺，七十二行当，每一个行当给它创一个吉尼斯世界纪录，实际上是为了传承民间文化。”李宏进的语气有些激动。他希望，在这一过程中，有更多的大匠涌现。

“我认为，真正为民族、为国家传承文明，能够为文化复兴做出巨大贡献的人，才能叫大匠。”

## 大匠，意味着绝技与诚心

大匠，是历史的积淀，文明的造化。

在中国，四千多年前便出现了工匠精神的萌芽。史书记载，舜“陶河滨，河滨器皆不苦窳”，记录了舜早年在河滨制陶，追求精工细作，并以此带动周围人们制作陶器时杜绝粗制滥造的事迹。从夏朝的“奚仲”、商朝的“傅说”到春秋战国的“庆”，许多工匠出现在史书之中，工匠文化和工匠精神，逐渐形成。

工匠在古代被称为“百工”，是“四民”（士、农、工、商）之一。《礼记·中庸》中说：“来百工则财用足。”战国时期，各诸侯国都愿意招留外来的工匠，工匠的多少，已是衡量国力大小的标准之一。

成书于战国时期的《周礼·考工记》是中国目前所见年代最早的手工业技术文献，对工匠的职责做了明确界定：“审曲面势，以饬五材，以辨民器，谓之百工。”也就是说，工匠需要充分了解自然物材的形状和性能，对原材料进行辨别挑选，加工成各种器具供人所用。同时，书中还记载：“知者创物，巧者述之守之，世谓之工。百工之事，皆圣人之作也。”将“百工之事”称为“圣人之作”，充分体现了当时的器具制作需要非凡的智慧。

“郑之刀、宋之斤、鲁之削、吴粤之剑，迁乎其地而弗能为良。”地方特色手工品，其他地方做得都不够好，除了自然条件因素的制约，更重要之处在于技术。于是，传统技艺的传承，匠人的手艺和做事的态度，便成为关键问题。

在古人心目中，所谓“匠人”，就是对自己的技艺要求严苛，并为此不厌其烦、不惜代价地做到极致，精益求精，精雕细琢，同时也对自己的手艺和作品怀有一种绝对的自尊和自信。

工匠精神的本质是精业与敬业。技艺为骨，匠心为魂。

匠心即大道。庄子树立起“庖丁解牛”“运斤成风”等匠人形象，认为天道美的展现是技术的本质，人之技的最高境界是以技入道。匠人传承的不仅是精湛的技艺，还是处世之道和人生哲学。

一流的匠人，人品比技术更重要。一个人首先要淬炼心性，唤醒体内的一流精神，才能达到一流的技艺。这正是手艺人的宝贵精神内核。

手艺人做出来的东西是有温度，有感情的。日本作家盐野米松在其著作《留住手艺》中说：“手工业活跃的年代，是一个制作人和使用人共同生活在一个环境下，没有丝毫虚伪的年代。社会的变迁，势必要使一些东西消失，又使一些东西出现，这是历史发展的必然惯性。但是，作为我们，更应该保持的恰恰就是从前那个时代里人们曾经珍重的那种待人的真诚。”

大匠，意味着绝技与诚心。

## 最大七角亭的立柱难关

大匠梦想，在李宏进内心熊熊燃烧。

现在，他把全部心力用在净心谷项目的建设上。作为李宏进所筑的第九座城，净心谷项目是他三十年来做的最大项目，他花费十年心血设计打造，融合了儒、佛、道三教，水族、苗族、布依族三族，城、镇、村三区，数十项大型项目单体，多项世界之最，是九九归一的圆满之作。

净心谷里的七角亭，是他向吉尼斯世界纪录发起的又一次冲锋。它落成之后，将成为目前世界上体量最大的传统七角亭建筑。

十四根硕大的木头横放在工地上，一群木匠正在大汗淋漓地挪动它们。这些木头来自遥远的非洲，漂洋过海、跋山涉水后来到云贵高原。

这些木头，每一根都有二十多吨重，要在陆地上移动一次，绝对不是一件简单的事。找不到合适的机械辅助，机智的木匠们利用杠杆原理，几十个人用撬棒找好支点，同时发力，给木头翻身。

这些木头是七角亭的柱子材料。在为亭子预留的位置上，泥水匠们正在用机器浇灌的方式打造柱子的基座。要承载这十四根硕大的柱子，基座是关键，要用钢筋混凝土来浇灌。

虽然使用了现代机械作业，但是七角亭的主要建筑理念还是传统的。亭柱依然没有使用一根钉子，采用了传统的榫卯勾连方式。由于圆木本身的长短粗细不同，木匠们要先对它们进行两两配对，找到最搭配的组合。

建造七角亭的前期工作进行了几个月，立柱的时刻越来越近了。十四根实木圆柱体积大、重量重，要把它们准确无误地立在基座上，成为支撑七角亭的亭柱，是李宏进团队需要攻克的重要难题。

山里马上要下暴雨了，李宏进连夜修改方案，计算和调整木柱榫卯接口的位置、尺寸，这是这座七角亭建设成败的关键环节。“如果柱头在吊起时不正，卡进去以后就是歪的，就没有办法搞正了，已经卡死了。”他提醒伙伴们。

俗话说，“差之毫厘，失之千里”，要把立柱提升到五十米的高度，再降到基座上，机械与人工的配合调度容不得丝毫差错。经过多次方案商讨，团队决定先把打磨误差最小的一根木柱立起来。

立柱的关键在于两点：一是柱身与底座的接触面要保持水平垂直；二是木柱本身的笔直程度以及其对底座的压强要均衡。

吊车吊起第一根木柱。看着它慢慢升高，在场每一个人的心也都悬起来了。在这之前，谁也没有参与过这样大的亭子的建造。

四个小时过后，第一根木柱准确无误地落入匠人们搭建好的底座卡位之中。虽然只不过完成了七角亭立柱工作的十四分之一，但是有了一个成功的开始，团队终于有了一些信心。

初战告捷，第二根木柱的立柱明显顺利了不少。随后，第三根，第四根……柱子依次下到基座的卡口上。

整个过程，李宏进和大家一起，全神贯注，丝毫不敢放松。直到最后一根木柱落定，他才长出一口气。

↑

大匠李宏进

## 水司楼的三个世界之最

七角亭的柱子立起来了，李宏进的眉头并没舒展，此时，还有另一个挑战在等着他：七角亭对面的水司楼进入了安装阶段。这是又一个冲击吉尼斯世界纪录之作——240 米长，99.9 米高，36 米深，建成后将成为世界最高、最大的水族土司楼。相比七角亭，它的建筑过程更为烦琐复杂，耗费了更多的人力和物力。

木质结构建筑需要大量的榫卯结构勾连，如果建筑体积巨大，需要打磨的榫卯也随之加大尺寸，这就增加了制作榫卯、计算榫卯凹槽的难度。

七角亭和水司楼的施工几乎同时进行，李宏进的压力非常大。“水司楼几十层楼上的安装，第一不能用吊车，第二塔吊能不能吊，能吊多少吨，我们不知道。人家不可能二十四小时都为你服务，我们现在排班都排不了。要科学施工，把这个组织设计做出来。”

面对项目实施的重重困难，匠人们有些忐忑。看到这一情况，李宏进召集了碰头会，一番激励人心的话，又把大家的心凝聚起来。匠人们紧密配合，心往一处想，劲往一处使。

“这个挑方要按我们传统的做，要有点味儿，特别是要大，因为我们树（木材）大嘛。我们从这里隔断，下面挂的部分，想吊多长吊多长，其余的没关系，装饰性地挂。那个树有多大就做多大，不要做太细了。”李宏进拿着设计图纸，耐心和匠人们沟通。

接下来的一段时间，李宏进把大部分精力投入到水司楼门庭的建造工作中。

↑

土司衙署

门庭作为水司楼的门脸，在建筑形式上选择了古代建筑中常见的木结构牌楼式。这个门庭也是李宏进七十二项吉尼斯世界纪录计划中的一部分。

李宏进说，原来的水司楼是一个冲天楼，是水族的标志性建筑。现在这个水司楼有三个方面的世界之最：一个是木结构，一个是外挂的琉璃陶，一个就是世界最大的木槽门，九开间，二十四米高。这么大体量的建筑，要做到精细，是非常难的。

山区天气多变，有时候，雨水突如其来。为了能够按时完工，不少工人穿上雨衣，冒雨作业。李宏进坚决反对这样做。比起实现宏伟梦想的进度，他更在意雨天作业带来的安全因素。他说，人是第一位的。

终于，七角亭和水司楼完工了，李宏进向他的梦想又进了一步。

## 梦想，关乎民族灵魂

李宏进的梦想，闪耀着工匠精神与传统文化之光。

李宏进从小就是个有心人，十七八岁在民间收旧家具、旧天花板的时候，就下意识地把一些传统的好东西留下来，美的图案也会画下来，收藏起来。他说，这样的方式实际上是一种交流，更是一种保护和传承。

“为什么我对古建筑这么感兴趣呢？因为古建筑里面的信息包罗万象，例如地理地貌、风土人情、精神源流。一座建筑，容纳的不仅是历史和文化，更是整个民族的灵魂。”

李宏进的梦想，在一榫一卯、一砖一瓦间起承转合，在一草一木、一石一山上流转延展。

建设中的贵州凯里香炉山景区，没有一条可供运输车辆进山的道路。李宏进做好景区设计后，并没有安排人开山凿石修路，因为他担心这样做会破坏景区的原生态。于是，一道奇景形成了：崎岖的山路上，一支长长的马队，驮运建筑材料上山——李宏进特地让人找来七百余匹马，让它们承担起每天的运输重任。虽然这么做成本大增，但李宏进觉得值。

梦想，是一个细节一个细节积累起来的。

梦想，关乎民族灵魂。

如今，李宏进正为中国工匠城的建设而奔波。他的计划是在雄安新区那片热土上建成中国工匠的大本营及动态陈列馆，囊括七十二行当的优秀匠人，以“前店后坊”的模式，作手艺及历史文化展示，并通过新业态的运营，更好地传承民间工艺。

李宏进相信，他的梦想终有实现的那一天。

崎岖的山路上，一支长长的马队，驮运建筑材料上山

↓

# 后记→

金银铜铁锡，木瓦窑石漆，雕画弹染篾，外带毛箍皮。在社会的发展中，手艺成为一个人生活的本能，成为一个人安身立命的生存之道。

工匠——身处卑微地位而安分守己，耐得住寂寞的精雕细琢，把手上的工作做到完美无瑕，精益求精。他们是精明而又有大智慧的人。

当下的手艺弥足珍贵，因为他们除了要打磨技能，还要对抗浮躁的社会，全凭意念。

早在古代，智者老子就说过一句话："慎终如始，则无败事。"意思是谨慎地做一件事，做到善始善终，就不会有失败和差错。

我的外婆和妈妈都是裁缝，靠手工缝纫养家糊口，夜深人静时，外婆一边缝纫，一边吟唱着悠扬的曲子，哄我们入睡，靠着一针一线缝缝补补延续了一个家族的血脉。

"为手艺树碑，为工匠立传"一直是我的梦想，这个梦想在认识"湘西鬼才"李宏进后得到实现，所以，有了纪录片《大匠之梦》，这是一次工匠和石匠的影视合作。

从泥泞的工地，到肮脏的工棚，我伴随着工匠们的喜怒哀乐、酸甜苦辣，与工匠们交心，知根知底，所以有了这本《有温度的手艺》。

"我做事的目的，是凭着自己还能做点事，减轻一些子女的负担"，木匠张学儒有一个让农村人羡慕的家庭，儿子是驻守边疆的军人，女儿医科大学毕业后在一家国营医院工作，是一名主治医师。

"我干活儿的目的是为给我的两个儿子在城里每人买一套房子。"瓦匠全兴建是个爽快人。

"干活儿的目的是我们家祖传的手艺不要断在我手上。"七十二岁的欧宏军在工地上是个好为人师的人。

李宏进是这一群人的领头人，在他名下，已经有十九项吉尼斯世界纪录。"我的梦想是为中国七十二行当的每一行当都创造一个吉尼斯世界纪录。"

社会在快速发展，生产力极大提高，人类的欲望也随之爆发。"千里眼""顺风耳"已从幻想变为现实。上天入地，我们无所不能，新科技成为新的捆绑。离开手机，人就惶惶不可终日。

出路在哪里？湘西，一群工匠，用自己的守护成就着大匠之梦。

在中国，匠心营造，曾经是一种境界，这是工匠之本，生活之源。工匠用一双手，不矫揉造作，朴实创造，代代相传，血脉相连。

由石匠出身的李宏进带领的七十二工匠用他们的双手，用他们的心传承着中国古代手艺，用他们的双手创造着中国建筑的活教材。

他们用实践应验着中国古代工艺，用心捍卫着中国古代遗产。

一群奇才，一群怪才，一群旷世奇才在创造着一个个奇迹。

能称为“老”和“匠”的，其手艺已经是这个行当的佼佼者。“老”的地位卑微。“匠”就等于拿到了技术职称。

工匠精神不是将手艺当作赚钱的工具，而是树立一种对工作执着，对所做的事精益求精、精雕细琢的精神。

道法自然的生存理念，天人合一的生活智慧，精益求精的职业精神，成就中国一个个经典之作，匠人们靠的是师傅带徒弟的言传身教，耳濡目染，日复一日的刻苦磨炼，一句“用心良苦”道破天机，而恰恰是一句简单的“用心良苦”，工匠们要耗尽一生的精力。

周卫平

2019 年 9 月 8 日

# 《大匠之梦》纪录片摄制人员名单

→

总出品人

李宏进

总策划

孙曾田

总导演　总摄影

周卫平

执行导演

李玮杰

制片人

周洲

撰　稿

侯弋

宣传推广

曹诚博

摄　影

余小龙
许飞
李玮杰

音乐编辑

王科

特　效

肖汝靓

解　说

毕鑫生

技术监督

许立峰

后期合成

何强

出品

湘西太阳树民间文化研发有限公司

摄制

洲视（昆明）文化传播有限公司

**图书在版编目（CIP）数据**

有温度的手艺 / 周卫平，曹诚博著．-- 北京：北京日报出版社，2019.11

ISBN 978-7-5477-3494-0

Ⅰ．①有… Ⅱ．①周… ②曹… Ⅲ．①故事－作品集－中国－当代 Ⅳ．①I247.81

中国版本图书馆 CIP 数据核字（2019）第 203340 号

**有温度的手艺**

---

**出版发行：** 北京日报出版社
**地　　址：** 北京市东城区东单三条 8-16 号东方广场东配楼四层
**邮　　编：** 100005
**电　　话：** 发行部：（010）65255876
总编室：（010）65252135
**印　　刷：** 北京荣泰印刷有限公司
**经　　销：** 各地新华书店
**版　　次：** 2019 年 11 月第 1 版
2019 年 11 月第 1 次印刷
**开　　本：** 787 毫米 ×1092 毫米　1/16
**印　　张：** 14.5
**字　　数：** 162 千字
**定　　价：** 68.00 元

---